インロッカー

冬色ドロップス

尾上与一

幻冬舎ルチル文庫

CONTENTS ✦目次✦

冬色ドロップス

✦カバーデザイン＝ chiaki-k（コガモデザイン）
✦ブックデザイン＝まるか工房

イラスト・さがのひを✦

冬色ドロップス

すでに五月にして、《高校生になった》という新鮮みは薄れている。

激動の高校入試を終え、中学校でさんざん《高校は中学とは厳しさが違う》と脅されながら入学したものの、朝はホームルームがあってチャイムが鳴れば普通に授業だ。公立中学校から来たクラスメイトは給食がなくなったと騒いでいたが、豊樹がいた私立中学校は昔から弁当だったから代わり映えがしなかった。定期テストも外部模試の回数が増えただけで目新しくはなく、朝礼などは中学校より説教くさくなく、よほど短時間で終わる。

朝のざわついた教室の隅で、豊樹は机に重ねた腕にこめかみを埋めて窓の外を眺めていた。四階の教室から見る窓ガラスは一面の青だ。明るい空に、窓の汚れと見間違うくらいの薄い雲がところどころにかかっている。このまま何の変化もなく毎日を過ごし、再来年、受験時期が来るまでぼんやりと勉強をして過ごすのだろうか。

細身のヘッドホンからは重低音のラップが流れていた。後ろの席の洋平オススメのCDだ。洋平は幼稚園のときからの幼なじみで高校まで来てもべったりだが、今日は豊樹にCDを聴かせるためかおとなしい。彼とは基本的に音楽の好みが違うのに新しいCDを買うたび押しつけてくる。付き合う自分も自分だ。

昼にきっと感想を訊かれるだろう。何と答えようかと考えていると、前からとんとんと腕をつつかれた。顔を上げると前の席の宮本という女子だ。豊樹は片耳だけヘッドホンをずらす。

「里奈っちから回ってきた。一個取って後ろに回して」

目の前でがらがらと振られているのは緑色の四角い缶だ。昔からあるドロップスの缶だった。うん、と言って缶を受け取る豊樹の机の上にルーズリーフが一枚置かれた。一行空きで女の子らしいポップなクセ字がずらずらと書かれている。

「占いだって。赤いドロップが出たら両想い」

「誰と」

あくびをしながら蓋を開ける。たあいのないおまじないはともかく、寝起きの頭に甘いものはありがたい。

「え？　誰がトヨと両想いだって？」

背後から伸び上がるようにして覗き込むのは洋平だ。洋平は机ごしに豊樹の両肩に手をかけてルーズリーフを見ていた。洋平に気があるらしい宮本ははにかみながら言った。

「赤いドロップが出たら白井が両想いになれるって。薄荷が出たら別れるって」

「ふうん。がんばりどころだな、トヨ」

「だから誰と」

洋平をあしらいながら手のひらに缶の口を傾けて振ると、うす黄色のドロップが出た。宮本がルーズリーフの《レモン》という字の上で薄紅色の爪がのった人差し指を止める。

「え……っと、《好きだった人と再会できるかも》だってよ？　白井」

「よかったな、トヨ！」

「だから誰だよ」

ぽんぽん励ましてくれる二人に豊樹は冷たく言い返した。今のところ恋愛の予定はない。

豊樹は洋平に缶と蓋を渡した。

「はいこれ、加藤からだってさ。一個取って後ろに回せ。赤いドロップ出せよ？　洋平」

「任せとけ」

がらがらと缶を振って手のひらに出したのはオレンジ色だ。

「《五人の人にモテます》だって」

「よかったな、洋平」

覗き込む宮本に便乗して、今度は豊樹が洋平をからかった。

「たった五人とか、数が少なくない？」

と笑って洋平は口の中にドロップを放り込んだ。

「自信あるね」

冗談と言いきれないところが洋平のすごいところだ。彼を好きになる女の子は多い。豊樹と同じくらい背が高いし、顔立ちがよく気さくで優しい。中学の頃派手なヤツらと付き合っていたので、どこか陰があるように見えるのも女子が騒ぐ要因のひとつだった。陰といっても洋平は非行に走っていたわけではない。半年ばかりバイクと煙草に手を出したくらいで荒んだ生活をしたことはなかった。こう見えても家族思いで、家の中で暴れたりもしない。単純にかっこいいと思っただけだと洋平が漏らすのを、豊樹は聞いたことがある。

「俺がモテるのは事実だろ？」

笑いながら洋平は、後ろの席にドロップの缶とルーズリーフを回した。

複雑そうな表情をする宮本から目を逸らして豊樹はヘッドホンを耳に当て直した。

「おーい。みんな、教室に入れー」

遅刻ギリギリ組が駆け込んでくる廊下に声をかけながら、担任が教室に入ってきた。豊樹は外したヘッドホンを机に入れかけ、ふと顔を上げた。

ずんぐりむっくりした体型の担任のあとから見知らぬ顔が教室に入ってくる。誰だろうと思う前に、担任が紹介した。

「怪我で休んでいた高丘だ。今日から無事登校できるようになった。みんな拍手」

入学前に怪我をしたとかで、新学期から欠席していたクラスメイトがいた。名前も明かされず、教室の隅に机だけが用意されたまま一ヶ月が経っていた。

細身の体格だ。すんなりと整った顔でおとなしそうに見えた。

教師に促され、右脇にまだ松葉杖を挟んだまま、黒板の前で彼は頭を下げた。

「高丘伊吹（いぶき）といいます。よろしくお願いします」

「趣味はー⁉」

派手めの女子から野次（やじ）のような質問が飛ぶ。どっとみんなが笑った。居心地が悪そうに目を伏せた高丘の隣で担任は教室の隅を指す。

「全体の席替えを明日するから。今日は、高丘はいちばん後ろのあの席な。これが席順表。今のところはお前を除いて出席番号通りだ」

渡されたプリントを見下ろしていた高丘が、ふと顔を上げた。知り合いでもいるのだろうかと豊樹が軽くあたりを見回したとき、彼と視線が合った気がした。高丘はびっくりした顔でこちらを見ている。

どこかで会ったっけ。そういえば何となく見覚えがあるようなないような気がしてくる。塾か、英検とか漢検の外部試験場かそれとも陸上競技会のグラウンドか。

「席に着け」と担任が言うと、高丘が教壇を下りてこちらへ歩いてきた。高丘の席は豊樹の列の最後尾だ。そこへ向かう途中、彼は豊樹の隣を過ぎ、洋平の前で立ち止まった。近くで見ると一重の目がスッキリした印象だった。まっすぐな髪は短めに整えられている。ブレザーの制服がよく似合うと、どうでもいいことを思った。彼はいきなり言った。

「《蛍原（ほとはら）洋平》くん」

「……そう、だけど」

洋平が訝(いぶか)しげな顔をする。蛍原という名字は珍しく、知っていないと読めない漢字だ。高丘は思いきったように言った。

「あの、俺です。あのときはお世話になりました。雪の日の、事故で、救急車とか呼んでもらった」

そう言う高丘が誰なのか、あっと豊樹は思い当たった。慌てて豊樹は洋平を振り返る。

「洋平、あのひとだよ。交通事故のときの」

「あ――……。お前だったのか！」

洋平も驚いた顔をしている。高丘は嬉(うれ)しそうに松葉杖で身を乗り出した。

「事故のときはお世話になりました。まさか高校もクラスも同じだとは思わなかった。学区とか歳(とし)が同じなのは、わかってたけど」

《好きだった人と再会できるかも》そんな占いを信じたくなるくらいの偶然だった。

† † †

足下(あしもと)を乾いた音で落ち葉が転がっていく。校舎の間を風が吹き抜けると冷たさで耳が痛い。

襟にマフラーを巻き直しながら、コンクリートの壁に寄りかかっていたトヨは白い息を吐いた。

――来年の今頃はどっち側にいるんだろう。

遠く眺める自転車置き場で、はしゃぎあいながら自転車を引き出している女子生徒を眺めて考える。

推薦で合格できていたら今頃あんなふうだ。センターから一般入試を受ける羽目になれば、まだ校舎に残っている生徒のように、灰色の冬を送らなければならない。

一年半前の五月、伊吹とはあんな再会のしかただったから、そのまま教室の中でトヨと洋平が伊吹の担当のようになってしまった。学校案内とプリント提出のノウハウ、授業の進み具合。たった一ヶ月のロスだが伊吹は気の毒になるくらい混乱していて、トヨがノートを貸したり、洋平が学期の間に使った参考書を代わりに本屋に買いに行ってやったり、洋平と二人でかなり必死にヘルプをした。

学校のことが整い、松葉杖がいらなくなり、鞄(かばん)を持ってやる必要がなくなったあともつるんで、初めから三人だったように仲良くなった。

二年になって、進路に合わせてクラスが分かれた。

国公立四大狙いのＡＢコースと、専門学校も視野に入れたＣＤコースだ。トヨと伊吹は理系Ａコース、洋平は整備士になりたいと言って専門学校を目指すＤコースにした。洋平とクラスが別れはしたものの、互いの教室に移動し合って休み時間もたいがい一緒だ。

放課後、一階の廊下の行き止まりでトヨは伊吹と洋平を待っていた。クラスの違う洋平とは、いつもここで待ち合わせて帰る。今日は伊吹も宿題の再提出のために職員室に寄ってから来ると言った。

木枯らしの中、短めのスカートを翻しながら帰ってゆく女の子を眺めて和む。オヤジと呼ばれる年齢になったらきっと、この景色を高校時代の記憶の代表格として思い出す自分が容易に想像できる。

風の強い日だった。ずっと外を見ていると、女子のスカートがめくれるのを待っているように見られるかもしれないと思って、何となくトヨは足もとに置いていたエナメルバッグからさっき貰(もら)ったプリントを取り出した。

《冬休みの計画》と書いてある。一昨日(おととい)終わった期末テストで年内の試験は終わりだ。

来週はクリスマスだ。

去年、伊吹が初めて《クリスマス会》に参加した。

クリスマス会というのは、ずっと自分と洋平だけで行(おこな)ってきたクリスマスイブの食事会のことだ。

自分たちの母親同士は友人だ。小学校のときからどちらかの母が忙しいときは子どもを預け合っていて、今も互いの家に気軽にお邪魔する。そのデラックスバージョンだ。親がいても二人だけで部屋に籠もって飯を食う。二人でプレゼントを交換する。もはや儀式と呼んでも差し支えない、年内を締めくくる重要な食事会だった。

男子二人でクリスマスパーティーを行い続けることの意義を洋平と毎年話し合っているが、「理由なくいつもより旨い飯が食えるからいい」と洋平は言い、自分も洋平と、日中の延長みたいなどうでもいい世間話をしながら、クリスマス仕様の食事をすることに不満はなかった。

そこに伊吹という新人を迎え、昨年のクリスマスは洋平の家で鍋をごちそうになった。トヨがクリスマスケーキを提げてゆき、初参加の伊吹がフライドチキンのパックを買ってきた。

今年はトヨの母が「うちでしなさいよ」と言ってくれている。「焼き肉かカレーでいい？」と訊かれたからOKと答えておいた。その場合洋平がケーキを提げてきて、多分伊吹がまたフライドチキンを買ってくるだろう。

負担にならず、楽しいばかりで気が置けないいいバランスだ。以前は洋平と二人だった分、喧嘩をすると仲直りするまでにけっこう苦労をしたものだが、今は伊吹が仲裁に入ってくれるから丸く収まりやすくなった。誰かがこのきれいな三角形のような形を意図的に崩そうとしない限り——。

「——トヨ！」

脳裏に救急車のサイレンの音が蘇りかけるのを、短い声が遮った。

エナメルバッグを肩から下げた伊吹だ。まっすぐこっちに歩いてくる。伊吹は歩き方がきれいだから遠目に見てもすぐわかる。

「お待たせ。洋平は？　トヨ」

「バイクの許可証貰いに職員室に行ってる。そんなに時間はかからないと思うけど」

「そっか。アイツ、生徒指導に目をつけられてたけど大丈夫なのかな」

「昔に比べれば最近はおとなしいから問題ないと思う」

「ほんとに洋平、ヤンキーだったの？」

「今でも雰囲気残ってるだろ？」

「ほんとに？」

以前から洋平の昔の話を聞きたがる伊吹が、最近少し面倒な感じがして、トヨはそろそろ種明かしをしてやることにした。洋平の原付免許取得記念だ。

「嘘（うそ）。ヤンキーっていうよりただの仮面ライダー好き。今も毎年変身ベルト買ってるよ」

洋平崇拝者の伊吹もさすがに怪訝（けげん）な顔でトヨを見つめる。

「変身ベルトって……あの、パカッて開いて音が鳴るあれ？」

「そう。今は大人にも人気でさ、井坂（いさか）とか江田（えだ）も確か持ってるはずだよ。今年は発売日に朝からおもちゃ屋に俺も呼び出されたんだ。一家族一個までって制限だから、もし寝坊したときの保険にって」

「そこまで……」

伊吹は呆れた顔をしてトヨを見たあと、ふと目を逸らした。得たばかりの洋平の秘密を胸の奥にしまうかのようにそっと一人ではにかんでいる。

胸から溢れそうなものが堪えきれないらしい。オレンジとかピンクだとかキラキラしたものなのが、伊吹のわずかな頬の動きとか目の伏せかたでわかる。

伊吹はあまり顔を見せないように、トヨの隣に並んで壁に凭れた。軽く左足首を上げて、ゆっくりとつま先を上下させる動きをしている。

「まだ痛むのか、足」

伊吹は二年前、交通事故で左足首と脛を骨折している。この手術のせいで入学が遅れたのだ。

「うん。寒くなると痛い。夏は平気だったから大丈夫かと思ったけど今年の冬も痛いみたいだ」

「大丈夫なのか」

「去年診察を受けたんだけど、骨とか筋にはもう問題ないらしい。ただＣＴには映らない細かい神経とかが治りきらないことがあるみたいで、時間が経って自然に痛みが消えるのを待つしかないんだって。マラソンとかするとちょっと痛いけど普段は平気だしな。冷たいものが歯にしみるときってあるだろ？　ああいう感じ。ズキズキする痛いっていうんじゃなくて、しぃんとしみる痛さっていうか」

「うわ、想像できる」

伊吹の詳しい説明に、思わずトヨは両耳を塞いでいやいやと頭を振った。伊吹は笑っている。

「結構大変だったんだ。手術とか、リハビリも。ずっと足を高く吊られてて、熱も出たまんまで」

伊吹の骨折は折れかたが複雑で、手術をし直したと聞いていた。今も伊吹の脛の内側のくるぶしには白く凹んだ手術跡がある。

伊吹は軽く握った右手に息を吹きかけながら、前を見つめて微笑を浮かべた。

「でも、これがあるかぎり洋平のことを忘れないから」

伊吹が洋平を特別にするのには理由があった。

伊吹が事故に遭ったのは、市内にある別の学校の入試の朝だった。伊吹は、駅からその受験校へ向かう途中の交差点で、雪でスリップした乗用車に突っ込まれたのだ。

現場にたまたま居合わせたのが洋平だった。彼が救急車を呼び、一緒に乗り込んで、救急隊員に事故のときの様子を詳しく伝えたということだった。

警察官から聞いた洋平の名前を伊吹が覚えていて、復学した五月に、この学校で奇跡の再会というわけだ。

命の恩人というと少し大げさだが、伊吹が恩に着ても仕方がないくらい、洋平の勇気ある行動は伊吹にとって重大だった。

「あの事故のせいでこの高校に来るしかなくなって、入院中は辛かったんだけど、洋平に会えたから嫌なことぜんぶ吹き飛んだ感じ。今、俺が頑張れてるのも洋平のお陰だ」

伊吹が初めに受けようとした高校は、ここより二ランクくらい難易度が高い、地域の受験名門校といわれる学校だ。しかし事故で受験できなかった伊吹は、浪人かランクの低い私立高校の救済措置に縋るかを選ぶしかなく、後日試験が行われたこの高校に入学することになった。伊吹の学力からすればかなり物足りないのではないかと思うが、塾でレベルを補いつつ、大学受験に向けて頑張っている。

「この学校が嫌だなんて言ったら、洋平に申し訳なさすぎる」

笑顔でそんなことを言いながら——。

洋平がいないと、ときどき伊吹はこんなふうにトヨに洋平への想いを語ることがある。友人が慕われているのだから悪い気はしないはずだが、いつもになると気が重い。

「伊吹、ほんとに洋平が好きだよな」

からかうつもりだったのに、何となく嫌みのような声が交じってしまって、マズイとトヨが口を噤む前に、取りつくろうように伊吹が言った。

「トヨのことも好きだって。助けてもらったことを抜いたら、洋平と同じくらい」

「そう？」

多分そのくらいの差だろうなとトヨ自身も思っていて、何となく打った相づちに、驚いたように自分を見る伊吹にトヨのほうが驚いてしまった。

伊吹は何か衝撃的なことを言ってしまったかのように、少し呆然とした表情で自分を見ている。眉根に軽く皺を寄せ、瞬きもしない。

「伊吹……？」

「あ……あ。うん。おな、同じ、くらい。……だと思う」

我に返ったような伊吹はただたどしく答えた。引き攣るように唇が震えているのが見える。

伊吹がうろたえているのがわかった。数秒前の会話を思い返すが、おかしな言葉は思い当たらない。伊吹はますます困ったように俯いて、言い訳のような言葉を吐き続ける。

「……ごめん。ちゃんとトヨのことも好きだ。ほんとだから。ほんとに」

「うん。わかってるけど。伊吹？」

「洋平もトヨも友だちだから。洋平が俺を助けてくれたことを差し引いたら、ちゃんとトヨのことも洋平とおなじくらい好き――……」

「伊吹。おい」

混乱か言い訳かわからない言葉が伊吹の唇からぽろぽろ落ちる。ただごとではなさそうな気配を感じ、トヨまでつられて焦ってしまうが、伊吹を何と言って宥めていいかわからない。

伊吹は本当に困ったように眉間に皺を寄せ、俯いて少し怒ったように言った。

「だって助けてもらったし、洋平を好きにならないほうが変だろ？」

それは理解できる。だがどうしてこんなに一生懸命伊吹が言い訳をするのかトヨにもわからなくて、伊吹の言葉の続きを待っていたとき、ふと彼の底に沈んでいるものが見えたような気がした。

「お前、洋平のことが」

柴犬か何かのようにまっすぐに洋平に向けられていると思っていた伊吹の感情に、別の色や熱が見える。

友情だけではないのだ。屈託なく洋平を慕うばかりに見える伊吹が、一人でいろんな色の感情を抱えていたことに気づいてしまった。

「おい伊吹」

洋平のことが好きなのかと訊きかけて、伊吹が息を詰めているのに気づいた。トヨは伊吹の腕を摑んで軽く揺すった。

「あ——……」

とめどない言葉と一緒に止まってしまった呼吸が、息を呑む音とともに戻ってくる。

伊吹はトヨに腕を摑まれたまま視線をあたりに彷徨わせ、大きなため息をついた。

そして自分の手のひらを見て、泣きそうに顔を歪める。

砂が崩れるような一瞬だった。平然と形を保っていたものが微かな衝撃で崩れ去る瞬間を見てしまったかのようだ。

夢から醒めたような顔をしている伊吹はうわごとのように呟いた。

「……やばいこと、言った、俺」

伊吹が隠していたのは恋心だ。

胸の奥に隠し込んで必死で表面を冷やしていたのに、トヨの目の前で零してしまった。

「伊吹」

ぱっと壁を離れた伊吹が駆け出すより早く腕を掴む。伊吹は嫌がるようにかぶりを振った。

「ごめん、トヨも俺のこと、嫌っていいから」

「おい、待てって」

「トヨに何言われたって、ぜんぶ俺が悪いから。でも洋平には言わないで」

「伊吹」

いつからだったのだろう。伊吹はどれほど辛く、そして恋心が露わになる恐怖を抱え込んでいたのだろう。驚きよりも可哀想さが勝ってしまってトヨも必死だった。振りほどこうとする伊吹の腕を、トヨは掴んで離さなかった。

「いいって。洋平には黙ってる」

「その前に、こんなのおかしいだろ……！」

洋平に——同じ男に恋をすること。

泣き出しそうな伊吹に、トヨは必死で言い含めた。

「伊吹が誰を好きでも、お前はお前だから。お前は洋平に何の悪いこともしてない。いろいろ……考えなきゃならないことはあるかもしれないけど」

「トヨ……」

罵倒されることを覚悟していたような伊吹は、驚いた顔をしたあと涙を一粒零した。手を緩めても伊吹はもう逃げようとしなかった。

伊吹は震える手を握り、トヨを見つめながら小さな声を絞り出した。

「……ありがと」

辛そうに笑って見せる伊吹に、トヨは首を振った。

伊吹を見ると胸が痛む。伊吹に対して腹を立てたり、同じ男を好きな伊吹を蔑(さげす)んだりする気持ちはなかった。

寂しく、悲しい気持ちが急に溢れそうになる。

伊吹がそのキラキラした感情を向けるのがなぜ、自分ではないのだろう――。

心当たりはひとつあった。

失恋かもしれなかった。

洋平への恋をトヨに打ち明けて以降、伊吹は明るくなった気がする。

文字通り重荷を下ろしたようにほっとした雰囲気があった。ときどき感じていたよそよそしさは、洋平への恋を誰にも悟られないよう身構えていたせいだ。トヨに対して今はそれがないから、トヨの前で伊吹は以前よりリラックスして笑うし、トヨにはわからない理由で急に口を噤むこともなくなった。

今日も三人で、街に交換用のクリスマスプレゼントを選びに行くことにしたが、洋平の背中を眺めている伊吹の横顔は本当に楽しそうだ。

伊吹のことは昔から好きだったと思う。

言葉選びが柔らかく、しかし自分の意志ははっきりと言う。笑った顔がかわいい。

自分や洋平に無防備な信頼を預け、屈託なく笑う彼を目で追っているのに気づいたとき、特別に彼を好ましく思ったのを覚えているけれど、誰がそれを恋だとすぐに理解できるだろう。

伊吹の告白を聞いて、その甘苦しい感情の膨らみが恋愛だったと、今さらわかったがいろいろ遅かった。伊吹は洋平が好きで、男同士なことに悩んでいる。

出遅れ、後出し、片想いにつけ込んでとか、同性を好きな伊吹をからかうことになるかもとか、たった一言の告白を聞いてしまっただけで、自分が絶望的な立ち位置にいることを悟ってももう遅い。そこにトヨが「伊吹が好きだ」と飛び込めば伊吹の混乱は酷くなるばかりだ。

実際問題——。と曇った電車の窓から、雪がちらつく灰色の街を眺めながらトヨは考える。

トヨ→伊吹→洋平と気持ちの矢印が伸びている。誰も報われないように見えるが、友情は強く成り立っているからまったく問題がない。伊吹の秘密を知ってしまって伊吹との信頼関係は増した気がする。自分はそれで満足すべきだ。

聞く前に言えばよかったと思っても、神様があの時間の五秒前に戻してくれたって、自分は伊吹に告白しなかった。だってこのままずっとやっていけると思っていた。伊吹を見るたび、甘い息苦しさを堪えながら今まで通り仲良くやっていけるのだと思っていた。

通学の電車を途中で降りると、駅のすぐ側にショッピングモールがあった。

店内はすでにクリスマス一色だ。

リボンの赤、ツリーの緑、雪に模して飾り立てられた綿の白。鈴の音まじりの音楽とともに、視界にどんどんクリスマスカラーが飛び込んでくる。

エレベーターの上がり口にある紳士小物コーナーも、雪とトナカイのディスプレイだ。黒いアイアンでつくられたトナカイの鼻先で真っ赤な電球が光っている。

歩きながらディスプレイを見ていた伊吹がふと立ち止まる。トヨも立ち止まって伊吹の視線を追うと、雪に見立てた綿の上に、赤いヒイラギの実が転がっているのが見えた。伊吹はその隣に飾られた小物を眺めていた。

「これ、いいと思ったんだけど、ちょっと高すぎかも。洋平はどっちが好きそう？」
③と書かれたビリヤードの球の側に飾られた小物をつついて小さな声で訊く。シルバーっぽいキーホルダーだった。同じデザインで、銀色と、間に黄色い塗料を流したものの二種類ある。

「洋平なら多分黄色」

幼なじみなのだからトヨは洋平の好みはよく知っている。

「そっか。……でもやっぱりお金が足りないな」

プレゼント交換は一人に対して千五百円以下のものというルールになっていた。キーホルダーには五千八百円と値段がついている。完全に予算オーバーだ。

肩からかけたバッグを邪魔そうに後ろに回しながら伊吹は、向こうのほうまで歩いて行った洋平を見た。

「洋平、去年もあのマフラーだったよな」

よれて細くなった、緑色のマフラーだ。

伊吹は今度は反対側の通路にあるマフラーのコーナーへ足を向けた。

熱心な伊吹が微笑ましかった。さすがに十五年も付き合うとプレゼントもネタギレだ。洋平へのプレゼントは伊吹に選ばせようと思いながら、トヨはツリーに飾りつけられた赤や緑色の球を指で弾きながら伊吹を追った。色とりどりのマフラーが畳んで積み上げられた棚の前、伊吹の隣に並ぶ。

「洋平のマフラーは、三年物かな。肌触りにうるさくて、暖かければいいって言って、確か受験のときにも同じのを巻いてた……」

「そうなんだ？」

　ぱっと嬉しそうに答える伊吹にトヨがはっと口を噤んだとき、棚の間からひょっこり洋平が出てきた。

「何か、いいのあった？」

「答えたらサプライズにならないだろ」

　言い返すトヨの隣で伊吹も言い足す。

「洋平は選べたのか？」

「よさそうなのはあったけど高い」

「こっちも今ちょうど、伊吹とそんな話をしてたところ」

　トヨが答えると、洋平が不思議そうな顔でトヨと伊吹を見比べた。

「最近、お前ら、仲良くないか？」

「そんなこと……」

「前からこんな感じだっただろ？」

　うろたえた様子の伊吹を庇(かば)うようにトヨは言った。

「そうか？　まあ、俺を外すわけでもないし、仲がいいのはいいと思う。で、結局ここで買う？」

　トヨは首を振った。

「どれも予算オーバーだ。雑貨屋とかに店を変えたほうがいいと思う。伊吹、どう？」

「賛成」

「わかった。じゃあちょっとだけ向こうの鞄、見てきていい？　三分」

「いいよ」と答えたのは伊吹だ。

洋平の背中が棚の間に紛れるのを見計らってから、トヨは伊吹と顔を見合わせて笑った。

秘密を共有することが、こんなに伊吹と自分を近づけるとは思わなかった。

伊吹の恋がどこに行き着くかわからないし、自分だってまだ伊吹が好きだ。本当はここから伊吹を連れてどこかへ行きたい。洋平への気持ちで胸をいっぱいにして、幸せそうに品物を選ぶ伊吹を見ているのはつらい。

だが伊吹が失恋すればいいとは思えなかった。二人とも失恋するより、せめて伊吹だけでも恋が叶(かな)うほうがきっといい。どうせどこかで失恋が発生するなら、不幸の量は少ないほうがいいのだ。

「ごめん、トヨ……」

洋平の背中を見ていた伊吹が沈んだ声で言った。

「何が？」

「俺の秘密に付き合わせちゃって」

「別に。バレても洋平は怒らないと思うけど」

「絶対怒る。いくら洋平がイイヤツだってそれとこれとは話が別だよ」

「そんなことない。伊吹の気持ちに応えられるかどうかは知らないけど、お前の気持ちを知っても、怒ったり差別したりはしないと思う」

伊吹は微かな苦笑いでトヨを見た。

「トヨみたいに？」

「うん。アイツとは長い付き合いだからわかるよ。それにもしアイツがそんなことで、伊吹に対する態度を変えたりしたら、俺が拳で説教してやるよ」

成績は悪いが、洋平の性格の正しさだけは自分が太鼓判を押す。洋平とつるんでいるのは幼なじみだからというだけではない。裏表がなく、見るべきところをちゃんと見られる誇らしい人間だからだ。

「トヨは優しい。……トヨみたいなひとを好きになればよかった」

そう零して、伊吹は急いで訂正した。

「ごめん、冗談」

もともと伊吹は男が好きなのか、洋平だったから好きになったのかはわからないが、今の一瞬だけでも伊吹がこれまで随分寂しかったのはわかった。だが自分たちの間にあるのは恋愛感情のみではない。ちゃんと真っ当な友情だってある。少し自虐的にも聞こえる伊吹の冗談がかわいそうだった。

「伊吹。洋平はそういうのを変な目で見ないってところだけでも信じろよ」

「本当に、そういうところもトヨは優しいよ」

そんな会話を交わしている間に、洋平が手を振りながらこっちに歩いてきた。気に入りそうなものはなかったらしい。離れた場所から洋平が言う。

「トヨはまだ、何か見る？」

「俺はもういい。伊吹は？」

「財布をちょっと。多分買わないけど」

「ああ、それなら俺も見る」

理想的な友人関係だとトヨは思う。

居心地のよさと、伊吹の秘密を知っているちょっとした優越感が胸の底でじわりと熱い。

もしもずっと伊吹がうまく気持ちを隠していけたら卒業までこの関係は保たれるのではないか。

「……貧乏性だな、俺」

三人で行動していて普通に楽しく過ごしているのだが、伊吹の視線が洋平にだけ注がれているのがわかる。伊吹の自分への気持ちが不足しているのを感じながらも、トヨは伊吹が幸せで、確かな友人関係さえあればいいと思っていた。

「何か言った？　トヨ」

「いや、なんでもない」

洋平に訊かれてトヨは首を振った。物足りなかったが、いつまでもこのままの関係が続けばいいと願う気持ちは本当だった。

財布売り場でけっこう時間を食ってしまった。雑貨屋は後日出直すことにして、同じ建物の中にある本屋に寄って外に出た。

「……わ。もう真っ暗だな」

白い息を吐きながら、洋平が空を見上げる。六時を過ぎたばかりなのに完全に陽(ひ)は落ちて、夜の気配だ。

「夏だったらまだ明るい時間だよな」

トヨが言うと、伊吹が洋平とトヨの間で空を見上げた。

黒い闇から生まれてくるような雪がちらちらと舞い落ちている。小粒でまばらだ。日中からこんなふうに降ったりやんだりで、ところどころ道路の端が白くなっているが、積もるような降りかたではない。

洋平が空に手を伸ばした。

「雪のせいかも?」

「いつもこれくらい暗いよ」

洋平の手を見上げながら伊吹が笑った。

「明日、学校休みにならねえかな」

空に向けて白い息を吐きながら洋平が言う。

「ならないよ。ほら、積もるほどは降らないって、天気予報に出てる」

天気予報を映したスマートフォンの画面を見せながら伊吹が言うと、洋平が唇を尖らせた。

「子どもか」とトヨが言うと伊吹も笑った。だらだらと天気や寒さの話をしながら、会社員が増え始めた道路を三人で歩く。

街路樹に巻きつけられたイルミネーションがショボイなりにきらきらと駅のほうまで延びている。

トヨは、ヘッドライトを振り回して交差点を曲がってくる車から、何となく伊吹を庇うように道路の内側に回した。苦笑いの伊吹に知らん顔をして、ショップのディスプレイを横目で見ながら中央通りを歩く。

前を歩いていた洋平が振り返った。

「トヨのクリスマスプレゼント、決まったから」

「まじで？　さっき？」

伊吹も驚いた顔をしている。

「うん。伊吹の分も買ったから、楽しみにしてろよ？」

洋平は得意そうだ。何かを買ったなら本屋だろうが、何を買ったか見当もつかない。

「何？」

伊吹が訊く。

「秘密」と言って、まだ生まれてから一度も虫歯になったことがないという歯を見せながら、洋平が笑った。

駅に辿り着く前に雪はやんでいた。

「じゃあ、明日、その映画のチラシ持ってくるな？　結構面白そうで――」

「洋平の面白そうは当てにならないからな」

濡れた駅の階段に足を踏み入れようとしたとき、突然トヨの頭上に何かが落ちてきた。

「わ！」

うしろを歩いていた洋平も、振り払うように頬を拭っている。自分の肩のあたりを見ると、溶けかけたみぞれのようなものがついている。前髪のあたりを濡らした伊吹がびっくりした顔で上を見上げている。トヨも上を仰いだ。張り出した屋根から、さっきのなごりのような雫がぽつぽつと落ちている。

「マジかよ！」

洋平は顔をしかめながら自分の頭や肩を手で撫でて、他に濡れたところがないか確かめている。

「屋根に溜まった雪が落ちてきたみたいだな」

トヨはそう言って、ポケットから取り出したハンカチを伊吹に差し出した。

「あ……ありがとう。トヨも濡れてる。先に使えよ」

「俺はコートだから、伊吹が先に拭けよ」

トヨが伊吹にハンカチを渡すと伊吹はありがとうと言って、前髪を拭くより先にハンカチと――なぜか洋平を見比べた。洋平は濡れた指先をぱたぱた振っている。心配しなくても洋平は大して濡れていないようだ。

伊吹はおざなりに前髪を拭ってすぐにハンカチを返してきた。トヨはそれで肩を拭いながらまた階段を上り始める。

帰宅時間の駅は混んでいて、人の流れに交じってぞろぞろと階段を上った。構内がざわめいていて声が聞こえにくいから並ぶ場所を指で示しながら、エスカレーター裏の人が少ない二列のいちばん最後に並んだ。前に洋平と伊吹がいる。二人が会話を交わすたび、洋平を見るキラキラした横顔がよく見える。洋平が振り返った。

「なあトヨ。クリスマス会のカレー、おばさんに《中辛までにしといて》って頼んでくれよ」

「洋平は激辛派じゃなかったっけ？　宗旨替え？」

辛口ルーを選んだ上にフレーク増量、皿に盛りつけたあと、さらにスパイスをかける洋平だ。

「伊吹が中辛で限界なんだって」

トヨは洋平に親指で指されている伊吹を見た。

「こないだ辛口食べてなかった?」

テスト明けにクラスの男子半分くらいの人数で食べに入ったカレーショップで辛口を頼んでいたから伊吹の好みは辛口だと覚えていた。伊吹は少し決まり悪そうな顔をする。

「だって、みんな辛口だって言うから……」

「な? 伊吹馬鹿だろ?」

伊吹の背中を叩きながら洋平は笑っているが、トヨにはわかってしまった。洋平が辛口だったからだ。洋平に近づきたくて無理をしたのだ。

「別にいいじゃん。伊吹だってたまにはチャレンジしてみたいことってあるだろ? わかった。母さんには伝えとく」

言ったところで電車のアナウンスとベルが、話し声を押しやった。六両編成の普通電車だ。洋平とトヨが同じ駅、伊吹の駅は二つ向こうだ。

楽しそうに話す二人をトヨはぼんやり眺めていた。

もしも伊吹が洋平のことを好きでなくとも、トヨの恋は叶わない。

洋平は、伊吹の好意を友情だと信じきっている。だから伊吹は洋平への恋心を裏切りだと言って伊吹自身を責めるけれど、それならトヨはさらなる裏切りだ。伊吹を許す優しさの裏側で、同じ気持ちで伊吹を欲しがっている。洋平を好きだと告白しても友情は変わらないと伊吹を説得しながら、トヨは自分の気持ちを伊吹に言う気はなかった。

どうせ失恋だ。打ち明けて気まずくなるよりこのまま伊吹の一番の理解者であり、親友でいたい。伊吹の無邪気な笑顔を向けられたい。

――伊吹の恋が叶えばいい。

ごう、と音を立てて電車が滑りこんできた。他の音を潰された何も聞こえない世界の中で、照れくさそうに笑う伊吹の髪を、洋平がくしゃくしゃと撫でている。

目の前をすぎて行く車両の中には人がまあまあ乗っている。ぞろぞろと人が降りてきて、伊吹と洋平がドアの端の方から中に乗り込んだ。

この駅は小さく、昇降客が終わればすぐに発車する。後ろに並んだ人を避けて、トヨはホームに立ったまま閉まるドアを見ていた。

電車の奥に詰めながらトヨが乗っていないことに気づいた伊吹が、驚いた表情でホームを振り返る。伊吹は慌てた様子で洋平に何か言った。顔を歪めた洋平が「はあ⁉」と言っているのが口の動きだけでわかる。

慌ててドアのほうに寄ってこようとする伊吹にバイバイ、とトヨは手を振った。ゆっくりと電車が動き出す。ドアのガラスに手を押し当てた伊吹が覗き込むようにして、ホームに置いていかれる自分を見ていた。トヨは笑顔でそれを見送った。

うまくやれよと心の中で呟いた。

鞄の中からヘッドホンを取り出して耳に当てた。

一度くらい、伊吹に自分だけを見てほしい気持ちもこれで叶った。

洋平たちのクラス担任は学校でいちばん話が長く、ホームルームもトヨたちのクラスより先に終わったことがない。二年になって洋平とクラスが別れてからは一階廊下の行き止まりのところで彼を待っているのが常で、翌日も伊吹と一緒に窓辺に寄りかかってパックのジュースを飲みながら洋平を待っていた。

「トヨの気持ちは嬉しいけどさ」

昨日、トヨが電車に乗らなかったことについて、トヨが気を利かせたのをすぐに察した伊吹が困った顔で言った。

トヨは笑い返す。

「カレーの件で伊吹をからかったから、ちょっとした話題提供だよ。洋平といっぱい話せたか？」

洋平と二人きりになると、なかなか話を切り出せない伊吹だが、トヨが一人でホームに残ったことで、とりあえず「なんでトヨはあんなことをしたのか」という話題はできたはずだ。二人の心配が深刻になる前に《駅でジャンプ買って帰る》と洋平にラインをしておいた。きっとそれでも話の種は増えただろう。

「……そうでもない」

沈んだ声で伊吹は言った。

くっつくしかない人の多い電車の中で、洋平が降りるまで二人でいろいろ喋れたはずだ。たとえ伊吹から積極的に話しかけなくとも、洋平は沈黙が我慢できないタイプだ。昨日のテレビの話からぜんぜんわからないマニアックなバイクの話。観たい映画があると言っていたし、トヨが集めているマンガの種類を伊吹に暴露するとか、放っておけばどんどん話す。

「洋平、機嫌が悪かった？」

別れるときはそうでもなかったのにと思いながら訊ねると、伊吹は目を伏せたまま呟く。

「何かトヨのことが気になって」

「洋平がラインの内容、教えてくれただろ？」

伊吹にこっちを見てもらうためにトヨが取った行動は、一方で伊吹にとって洋平と話をする手助けになったはずだ。伊吹へのプレゼントと言っても違いない。

伊吹は頷いたが、表情は曇ったままだった。

「トヨ、優しすぎる」

褒められているのかと思ったが、表情からは微かな怒りが読み取れる。伊吹はさらに表情を暗くしながら呟いた。

「俺を助けてくれたのがトヨだったらよかったのに」

そんな伊吹の様子を見ていたら、トヨはため息が漏れた。

「しんどそうだな」

洋平に小細工は通じない。人の気遣いを無駄にしてしまうタイプだった。伊吹の押し殺した恋心など、洋平は少しも気づきはしないだろう。

「うん。ダメなのわかってるけど言いたくなるんだ。ダメモトですらない。好きです、って言いたい。洋平に聞こえなくてもいい。こういうのわかる？」

「何となく」

叶うとは思わなくてもただ、伝えたいと思うのはわかる。

《好きです》――。

伝えるだけで昇華できる気持ちはある。自分だって叶うものなら今、伊吹に伝えたい。伊吹が好きです。ずっと前から。伊吹が洋平を好きな気持ちよりずっと、俺のほうが伊吹が好きだ。

だがそのタイミングはなくなってしまった。駄目だとわかったからには伊吹を傷つけられない。

「言ってみる？」

あまりに辛そうな伊吹の様子を見かねて、トヨは問いかけた。伊吹の気持ちがわかりすぎてつらい。せめて伊吹だけでも助けてやりたい。

伊吹が自分を見る。トヨは切なさを奥歯で嚙みつぶして頷き返した。

「親友の名にかけて、アイツはお前の気持ちを聞いてもお前を変な目で見たりしないのを保証する。もちろん伊吹を好きになってくれるかとか、そもそもアイツがお前を恋愛対象として見るかどうかはわからないけど、伊吹が洋平をその……恋愛として好きでも、洋平はちゃんとお前の気持ちを見てくれるよ」

「でも」

「どうするかは伊吹の自由だけど、そんなに苦しいなら言っちゃえば？　もしも怒ったって、ファミレス一回奢るくらいで許してくれるよ」

「トヨ……」

「ほんと、イイヤツだから」

洋平だから自分だって辛うじて我慢できている。洋平になら譲ってもいいと思っている。もし洋平が伊吹を振ったら、自分は今度こそ伊吹に好きだと言ってもいいだろうか。初めて伊吹に会ったときから、伊吹のことが胸を離れないと伝えるチャンスを待っていいだろうか。

しばらく押し黙ったあと、「うん」と言って伊吹は微かに頷いた。

「今日は言わないけど。……トヨのこと、信じていい？　トヨが、洋平イイヤツだって言ったこと、信じてもいいのかな」

「ん。保証するよ」

今、伊吹の中で彼が踏み切ろうとするのが感じ取れて、トヨは頷き返した。

伊吹は、長い息を吐き、両手で額を抱えた。

「クリスマス前には言おうと思う。ダメだったらクリスマスのときにフライドチキン奮発する。ピザをプラスしたほうがいい？」

「かなり怒っても、ピザを足せば機嫌も戻るだろうな」

「じゃあピザも」

洋平は絵に描いたようなファストフード好きだ。ピザとハンバーガー。コーラと肉まんとコンビニチキン。なかでもピザは大好きで、食事のあとでもピザは食事ではないと言い張って一枚くらいぺろりと食べる。


伊吹の相談に乗って考えた結果、告白はクリスマスの前の金曜日と決めた。

告白して土日でインターバル、数日学校で気まずい思いをしたら冬休みに突入という、消極的かつ堅実なスケジュールだ。クリスマス会は出たとこ勝負、もしもぎくしゃくした状態でクリスマスを迎えたら仲直り会に変更だ。アフターフォローも万全だった。

「一人で大丈夫か？」

告白すると決めた金曜日の放課後、いつもの廊下で鞄を置いて洋平を待っている伊吹にトヨは訊ねた。何となく受験のときを思い出した。何もできないとわかっていても側についていってやりたいと言った母の言葉を思い出す。

「うん。ほんとは木の陰に隠れてて言いたいところだけど。俺に協力してるって洋平に知られたらトヨにまで迷惑がかかるかもしれない」

「なんか、そういうマンガあったな」

昔の人気アニメの特集でよく見かける。泣きながら見守るお姉さんだ。伊吹は笑ってから、トヨを見た。

「振られたり殴られたりしたら、冬休みに慰めて」

「いいけど、いい返事が返ってくる可能性もゼロじゃないだろ？」

洋平はまごうことなき巨乳好きだ。男に告白されても簡単に頷くはずなどないが、伊吹なら万が一があるかもしれない。

「いや、多分、そんなことはないから」

苦笑いの伊吹と一緒に、階段のほうを眺めていると、足音がして洋平のクラスの男子が勢いよく駆け下りてくる。ホームルームが終わったらしい。

次々と階段を下りてくる人の中から、こちらに歩いてくる人影があった。洋平だ。

「言ってくる」

「うん」

引き留めたいと叫ぶ気持を握りつぶして、頷き返す。

洋平がこちらに気がついた。急に早足になってこっちに近づいてくる。

「――トヨ、伊吹！」

最後は小走りでやってきた洋平は、いきなり鞄を伊吹に押しつけた。

「悪い。鞄、持ってて」

「どうしたんだ」

トヨは訊ねた。何かとても急いでいるようだ。洋平は一瞬言葉に詰まり、軽く目を逸らしたあと、自分の頬のあたりを指先で擦(す)りながら言った。

「いや、あのな。……黙ってて悪かったけど。なんかもう、今さらでアレだけど。……ってやべえ、恥ずかしい」

少しためらったあと、洋平は思いきったように顔を上げた。

「ちょっと宮本に告白してくる。クリスマス前だし。振られるなら冬休み前がいいだろ？」

「えっ？」

寝耳に水の話だった。洋平も宮本が好きだったのかという驚きと、たった今伊吹と練っていた作戦はどうなるのかという戸惑いと。

「決めたから。決心が鈍る前に」

緊張した様子で宣言する洋平に、トヨはとっさに何も言えない。ちょっと待ってくれと言う言葉を抑えるのがトヨには精一杯だった。伊吹もお前に言いたいことがあるんだと唇の内側まで込みあげるが言葉にならない。

「――叶うといいな」

笑顔でそう言ったのは、伊吹だった。

穏やかな声には毒気も何もない。洋平はぱっと明るい顔で伊吹とトヨを交互に見た。そして、「ごめん!」と言ってパン! と音を立てて手を合わせ、頭を下げた。

「今まで黙ってたツケは絶対払う。クリスマス会も、昼間はお前たち優先だから」

伊吹が首を傾(かし)げる。

「いや別に洋平いなくても」

「うん」

「お前らなあ」

怒った顔をしてみせる洋平の胸を、「行ってこいよ」と言って伊吹が押した。

「がんばれ、洋平」

立てた親指を下に向けながらわざと意地悪にトヨが言うと、洋平は嬉しそうに笑った。

「ああ。鞄を頼んだぞ、トヨ、伊吹」

謎の言葉を言い残して、洋平が身を翻す。走る背中はあっという間に廊下の角に見えなくなった。

「伊吹……」

伊吹は目を伏せて立っていた。

トヨは静かに伊吹の後頭部に手で触れた。

「かっこよかった」

そう言ってそのまま髪をやさしく撫でると、伊吹は唇を強く結んで俯いた。肩が震えている。緊張で目一杯な洋平は気づかなかっただろうが、ずっと伊吹が震えているのがわかった。今も握りしめた彼の手が、触らなくてもわかるほど震えている。

伊吹は顔を上げないまま呟いた。

「セーフ、ってところかな」

確かに伊吹の告白が先だったら、面倒なことになっていたかもしれない。洋平が先だったから伊吹は無傷で済んだ。

伊吹は俯いたまま、でも笑いを混ぜながら言った。

「友だちだし、恩人っていうのは変わらないから」

「ああ。それでいいと思う」

トヨはなるべくさりげない慰めの言葉をかけて、伊吹が片腕に抱えている洋平の鞄と伊吹を見比べた。

「しっかし、なんで俺たちに鞄預けていったんだろうな」

伊吹を笑わせようと思ってそう言ったのに、伊吹は辛うじて笑っていた表情を苦しそうにしかめて呟いた。

「テンパっちゃうくらい、宮本が好きだからだと思う」


あのまま洋平をおいて下校することにした。

洋平の告白が成功すれば宮本と一緒に帰るだろうし、失敗したら顔を見られたくないだろうと思ったからだ。帰りに洋平の家に鞄を届けに行ったら洋平の母が、《トヨごめんね。洋平にちゃんとまっすぐ帰ってきなさいって言ってちょうだい》と言って、代わりにぴかぴかに光る真っ赤なイチゴが詰まったパックをひとつくれた。

トヨは自室のベッドに寝っ転がってスマートフォンを耳に当てていた。洋平から電話がかかってきたのは夕飯が終わったあとだ。

「――そっか、よかったな」

《伊吹にはお前から伝えといてくれる？》

「自分で言えばいいじゃん。直接言うのが恥ずかしいならラインで。伊吹、お前が告白したの知ってるわけだし」

《まあ……応援してくれたから言わなきゃいけないのはわかるんだけど、こういうこと報告

するのっていつもお前だけだったじゃん？　伊吹に何て言えばいいかよくわかんなくてさ》
「告白成功、宮本と付き合うことになりました、で、いいんじゃないか？」
《それってなんかエラそうじゃねえ？》
「まったく同じ文面、さっき俺に言ったよな？　洋平」
もしも伊吹の気持ちに気づいて気を遣っているとでもいうのなら絶賛ものだがそうではない。
「伊吹はもう、俺と同じくらい仲がいいだろ？　変な照れとか隠しごととかやめてやれよ」
自分とは幼稚園でおもらしのパンツを見られ合った仲だから今さら洋平に見せて恥ずかしいものを見つけるほうが難しい。だが伊吹に対してはまだ格好をつけたい気持ちやどこまで弱みを晒(さら)していいか、洋平も計りかねるのだろう。
伊吹は信頼に足る人間だ。伊吹はきっと彼の失恋にも整理をつけるだろうから、今までよりもっと純粋に友情を築いてゆけると思う。
電話の向こうで少し黙った洋平がぽつりと言った。
《伊吹にさ、ほんとに黙っとくの？》
いきなり問われて何のことかわからなかった。
「黙っとくって、何が？」
《事故のこと》
一言で突かれてどきりとした。

自分たちには伊吹に言えていないことがある。だが言わないことについては、洋平とのあいだで随分前に結論が出ていて、それで問題ないと判断した。

「うん。このままでいいと思う。今さら言えないだろ？」

伊吹が知らなくても、伊吹は何の損もしないことだ。今もあの頃と事情は何も変わらない。

《さっき隠しごとやめろって言ったのトヨだろ？　事故からもうすぐ丸二年だからそろそろ時効だし、伊吹のヤツ、お前にかなり懐いてるからもう言っちゃっていいと思うけど》

「だから今さら余計に言いづらい、ってのはあるよ」

《まあ、そうだな……》

あの頃は、伊吹とこんなに親しくなるとは想像していなかった。打ち明けるリスクと黙っているときのリスク。信頼し合ったあとだから、なおのこと黙っていたほうがいいことだ。

「それより洋平、お前、クリスマス会のピザ追加決定な？」

《なんだよそれ》

「お前だけで幸せになっただろ。相応のお裾分けってのは大事だと思うんだ。結婚式だってなんだって」

《そんなの気が早いって》

声はまんざらでもなさそうだ。

《……でもまあ、わかった。ミックスでいい？》

「チーズトッピングも」
《ちっ。ふっかけるな》
「コーンも頼む」
《ひとの足もと見てるだろ……！》
「幸せなんだからいいじゃないか」
二人分の失恋の値段には安すぎるくらいだ。

ホームルームが終わってトヨは席を立った。伊吹が机の中から教科書を鞄に移している。教師が出ていったのを見届けて、トヨは鞄の中からヘッドホンを取り出し、コードをスマートフォンに繋げて首にかけた。

伊吹に近づくと、ちょうど鞄のジッパーを閉めたところで、トヨはその後ろについて教室の出口へ向かって歩く。洋平は待たない。あれ以来、洋平は宮本と一緒に下校している。

「あいつら、小学校の頃から仲よかったしな」

慰めとも言い訳ともつかない声になる。

宮本と洋平は小学校も同じでずっと仲がよかった。宮本が洋平のことを好きなのは知っていた。だが幼なじみが馴染みすぎてほとんど姉弟みたいだったから、今さら洋平のほうからアクションを起こすとはトヨも思っていなかった。

「今度こそ、洋平と帰るのは卒業かな」

「そうなの？」

階段を下りながらトヨが呟くと、寂しそうな笑いで伊吹が訊いた。

「うん。幼稚園以来、伊吹が来るまでずっと二人で登下校してたんだ。これまでも洋平は何回か女の子と付き合ったことがあって、そのあいだ俺は一人で登下校するんだけど、別れるとまた一緒だ」

「洋平らしいな」

彼女ができたら浮かれて、恋愛を満喫して、上手(うま)くいかなくなったら頭を掻(か)きながら自分の隣に戻ってくる。だが今度の相手は宮本だ。あんな嬉しそうな洋平を見ているともうこのまま結婚まで行くんじゃないだろうかとさえ思う。

「――そう。洋平らしいんだ」

伊吹が唐突に呟いた。

「何が？」

伊吹の言葉の意味がわからなくて問い返すと、伊吹は階段の途中で立ち止まった。

「あれ、本当に洋平だったのかな、って思うんだ」

じっとトヨを見つめながら問う伊吹の声は、問いただすかのように冷たい。

「事故のとき、俺を助けてくれたの」

「じゃあ、誰だっていうんだ」

洋平のフルネームもわかっていて、伊吹は彼にお礼のお菓子を送ったはずだ。

「わかんないけど……。トヨ、じゃないよね？　そうだといいと思うけど」

そう言ってトヨに向ける視線と、トヨの目線は微かに合わない。よくよく見ると伊吹の視線は自分の首にかけられたヘッドホンに注がれている。

「何かあったか？　何で急にそんなことを考えはじめたんだ？」

トヨが首を傾げると、伊吹はスッキリしない表情のまま、ゆっくりまた階段を下りはじめた。独り言のように呟く。

「洋平は優しいけど、けっこう喋るのヘタだろう？　救急隊員のひとから聞いた感じと違う。事故のとき、洋平の説明が上手かったから、俺の手当てが早くできたって言ってたし」

「……」

「あんまりよく覚えてないけど、今思い出してみると、声はともかくとして洋平はあんな喋り方しないいんじゃないかって。大人みたいな敬語だった」

「洋平だっていざとなったらしっかりするよ」

たあいない伊吹の疑問をトヨは笑い飛ばした。疑わしい理由にしては曖昧すぎる。

「それに、洋平、普段ハンカチを持ってないみたいだし」

「どういう意味だ？」

「事故のときに、洋平がハンカチを貸してくれたんだ。手当てのときにどこかで紛れて洋平に返せなくなったんだけど。記憶もぼんやりしてるんだけど……」

事故のときのことを一生懸命思い出そうとしているように、手のひらを額に当てる伊吹にトヨは宥めるような声で言った。

「伊吹の勘違いだと思う。洋平も自分が助けたって言ってるんだし、定期券で名前を確認したんだろう？」

「そう……だよね……」

トヨの言葉を緩く受け入れたあと、階段を下りる自分の足もとを見ながら伊吹が訊く。

「――あのさ、トヨは昔からヘッドホンなの？」

「え……あ。ああ。そうだけど？」

トヨが答えると、伊吹は数秒黙ったあと静かな声で言った。

「そっか。やっぱり勘違いかも」

どんな理解がされたのかわからないが、伊吹はふー、と長い息を吐いた。

「ごめん、洋平に失礼なこと言った」

伊吹は困ったような表情で俯きながら言い訳をした。

「俺は、事故のとき助けてくれた洋平の行動を好きになったんだ。他の人のはず、ないんだけど、だけど……なんだか記憶と違うところがあれこれ出てきて混乱する」

「酷い目に遭ったんだから当然だよ」

「俺は、事故のときのあの人が好きだ」

あの人と、事故のときの洋平を分けたような言い方を伊吹はした。混乱したような表情で、伊吹は片手で頭を抱えた。

「……これ以上変なことを考えたら、洋平に怒られる。ごめん、トヨ」

「今アイツ、幸せだからそのくらい怒らないだろ」

伊吹を励ましながら階段を下り、まっすぐに靴箱のほうへ向かった。

帰りにコンビニで肉まんを買って二人で食べた。

「洋平はすごく喋るから、いなくなると寂しいな」

トヨが呟くと、伊吹も苦笑いで頷いていた。

闇の中で見るスマートフォンの画面はやけに白くて、目に焼きつくようだった。
宛先は洋平。件名は『読んだらすぐ消してくれ』
ラインはうっかりの送り間違いがあるかもしれないからメールにした。
布団に潜り込むと、途端に曇る画面に目を眇(すが)めながら、トヨは指先でディスプレイを撫でた。

《事故の件、伊吹にはくれぐれも黙っといて》

一言綴ってそのまま送信した。

† † †

二年前——雪の日だった。

受験の前の日は早く眠りなさいと言われ、二十二時頃にはベッドに入ったのに結局トヨはまったく眠れなかった。

最後に時計を見たのは三時、明け方とろとろした気がするけれど、ブラインドの向こうが明るくなっていたから何となく起きだしてしまった。勉強するにも落ち着かず、することも特にない。持ちものも昨夜のうちにぜんぶ新しい鞄に詰め替えた。変に確認すると受験票など肝心なものをうっかり置き忘れてしまいそうだ。

リビングに下りたとき、朝にしたって外が変に明るい気がした。

まさか時計が止まっている——？

ぎくりとしつつ、カーテンから覗いてみると外は一面の雪だった。

花壇に刺さっているガーデンライトに積もった雪の高さを見ると積雪は十センチくらいだろうか。長靴を履くほどではなさそうだが、滅多に大雪が降らない地域だから大事件だ。

両親の寝室のほうから目覚まし時計の音がする。程なく母が寝室から出てきた。

「母さん、雪」

「えっ⁉　ほんと？　ほんとに降ったのね。積もってる⁉」

「まあまあ」

母が窓の外を眺めたり、朝食の準備をし始めるのを見ながら、トヨはキッチンのテーブルでテレビの天気予報を見ていた。

関東は広い範囲で雪。積雪予報十五センチ、明日にかけて一日中、降ったりやんだりするだろうと、キャスターが青い天気図の前で心配そうに告げている。

風は強くなさそうだ。試験会場は大通りに面しているから、最悪バスでもなんとかなる。

大丈夫。昨日から想定していたくらいの時間、早めに出れば問題ない。

自分で母と自分の分のお茶を淹れていると母が言った。

「リラックスしなさいよ？」

「……うん」

「豊樹、すごく頑張ってたから、大丈夫だから」と言いながら母がオーブントースターに取り出したばかりの茶碗を入れるものだから、それで笑って気分がほぐれた。

昨日から雪の予報が出ていたので受験会場まで父が車で送ってくれると言っていたが、かえってどこで渋滞に巻き込まれるかわからない。インターネットを見るかぎり、電車はなんとか動いているようだ。最寄りの駅から受験会場までは徒歩十分足らず。電車と徒歩が確実だった。

「受験票持った？　時計は？　筆箱、確かめたの？」

玄関まで追いかけてきた母が朝から何度も繰り返していたことをまた言った。

「持った。受験票さえあれば何とかなるし」

筆記用具はコンビニで買えるし、キーホルダー式のアナログ時計を忘れても、教室には多分壁掛け時計がある。

「がんばってね。ほんとうにお父さん、ついていかなくてもいいの？」

「いいって。中学校のひとつ手前の駅だよ？　今までも同じ電車で通ってたのに父さんに何しろっていうんだよ」

「ついていくだけでも心強いじゃない」

「ついてきたって問題一問も解いてくれないだろ？」

駅を降りてからの道順も確認した。試験会場で長く待つ覚悟で、何があっても間に合うように予定よりかなり早く家を出る。

「行ってきます」と手を振り、雪道を歩く。

まっさらな雪道に轍（わだち）が四本。足跡が一人分、道の端に飛び飛びに残っている。新聞配達かもしれない。

雪で覆われた道はすべての角が白くまろやかで、空からこの街に生クリームを流したみたいになっていた。

紺色のマフラーに口元を埋め、真新しい雪をさくさくと踏みながら歩いてゆくと、駅の入り口のところで派手なロゴのダウンジャケットの男に手を振られた。ニットの帽子、色鮮やかな緑色のマフラー。目を凝らすと洋平のようだ。

「おはよ、トヨ」

「……まじで？　見送りに来てくれたのか」

「ああ。プレッシャーかけてやろうと思って」

受験に成功したら洋平とは学校が離れてしまう。だが洋平が受験する学校と方向は同じだから、別の学校になっても今まで通り同じ電車で通うだろう。でもなぜだか寂しいのだ。卒業を前に、学年みんなで感染している寂しさの病に自分たちもかかっているのかもしれない。

「雪が降ってたから早起きした。外に出るついでにお前の疲れきった顔、見ようと思って」

トヨが隣に並ぶと、洋平は寒そうに肩を竦（すく）めて駅のほうへ歩き出した。

「倍率4って言ってたっけな」

「うん。4・12」

「トヨなら受かるよ。頭いいもん、お前」

「そうでもないよ。あっちこっちの学校からもっと頭のイイヤツ集まってくるんだし」

模試の結果はB、もしくはBマイナス。希望は十分あるが気は抜けないポジションだ。

「行ける行ける。運は自分でつくれ。学校の校門までついていってやろうか？」

「一人で大丈夫。お前とんぼ返りになるだろ？」

駅の近辺には大した店はないし、この早朝ではどこも開いていない。

じゃあ、と洋平に手を上げてトヨは改札へ向かった。

「がんばれよ？　トヨ」

手を振る洋平に手を振り返し、改札口の前で鞄の中に手を入れてはっとする。

定期券入れがない。ありかはすぐに思い出した。いつもの鞄の中だ。ストラップの紐の部分が絞まりすぎていて、あとでハサミで切って外そうと思ったまま忘れていた。

「どうした、トヨ」

鞄を漁(あさ)っているトヨを不審な顔で洋平が振り返る。

「定期券忘れた」

「まじで？」

「切符買うからいい。いくらだっけ」

「ちょっと待て。これ……、使えよ」

券売所のほうへ向かおうとするトヨを止めながら、洋平はコートのポケットの中から革のカード入れを取り出した。

「家に帰ったらお前もちゃんと定期券持ってるわけだし、俺のもちゃんとした定期券だし。俺が乗るはずだった一回をお前が乗るだけだろ？」

「だけど……」

「駅員になにか言われたら、どこかで俺のと入れ違ってたから、必要ならあとで自分の定期券持ってくるって言っとけばいいだろ？」

「……そっか。そうだな、ありがとう。帰ったら返しにいく」

「急がなくていい。今日明日俺、ばあちゃんち行くし。明日の夜まで帰らない」

「わかった。じゃあ、明後日電話する」

「おっけー。しっかりしろよ」と腕を叩いて送り出され、トヨは気を取り直して改札をくぐった。

線路の上に湯気が立っている。電車はきいきいと慎重なブレーキ音を立てながら、二分遅れでホームに入ってきた。

車内に乗り込んでみると暖房が強めに効いていた。こんな時間だというのに乗客が多い。

アイツもそうかな。つり革にぶら下がりながら片手で表紙を裏返した本を読んでいる学生服の男を横目で見て思う。

同じ駅で十人くらいが降りた。半分くらいが学生だ。

定期のことは何も言われず改札を抜けて、トヨはほっとしながら、見慣れない駅を出る。駅前から斜めに延びる道路をまっすぐ。十分くらい歩いたら左手だ。

まだ校門が開いていないかもしれない。

この雪の中、外で待つのはつらいな、と考えながら歩いていると、道沿いにハンバーガーショップがあるのを見つけた。雪の影響を心配してきたが、順調すぎて時間を持てあましてしまった。中に入ってココアを頼んだ。

店内で参考書を開き、時間を調整して店を出たが、それでもまだ少し早い。鞄から取り出した赤いカナル型のイヤホンを片方ずつ耳に押し込む。ごわごわと体内の音が聞こえるから、音質はヘッドホンのほうがいいのだが、ポケットに押し込める手軽さが気に入っている。

開門時間まで三十分。校門の前で待つ覚悟をしながら、大通りに沿って学校の方向に歩いていくと交差点に差しかかった。

目の前を細い道路が横切っている。隣を走る大通りは六車線のはずだが路面は雪で見えない。向こうの信号の付け根に人の姿が見えた。学生のようだ。大通りの信号を渡ってこっちに来ようとしているということは、同じ高校を受ける人間だろう。

まだ早い時間なのに、アイツも心配性らしい、と思いながら雪で埋もれた横断歩道の手前で立ち止まると、突然車が目の前を通過して、あっとトヨは立ち止まった。こっちには信号がないのに危ないな、と車のテールを目で追うと、右折しようとした車は交差点のまん中で変な動きをした。

まるで、車が信号の付け根に吸い込まれるようにトヨには見えた。するすると横滑りして事故のテスト映像のように車が人にぶつかるのを瞬きもせずに見ていた。

どん。という音と、めしめしという音が同時に聞こえて我に返る。事故だ。

車はそのまま横に数メートル滑って信号機の付け根に横っ腹をぶつけて停まった。横断歩道のところに人が倒れている。

大通りの信号が青になる。トヨは足もとに気をつけながら駆け出した。

白い雪の上に擦ったような赤い血の跡がある。鞄が投げ出されて中味が散らばっている。

自分と同じ歳くらいの男が横向きに倒れていた。さっき信号待ちをしていた彼だ。

「しっかりして。わかりますか？　大丈夫⁉」

動かしてはいけないと思ったから、雪の上にしゃがみ込んで上から声をかけてみたが、彼は痛そうに顔を歪めたまま目を開けない。

「すみません！　すみませんッ！」

金切り声を上げながら、車から運転手が降りてくる。スーツを着た若い男だ。彼自身は無事なようだ。

「救急車を呼んでください」

男を見上げてトヨが言うと、男はスーツのポケットをあれこれとまさぐった。スーツを裏返しそうな勢いで探しているがなかなか携帯電話が出てこない。

「か、鞄の中だ。多分。朝飯のあと、天気とか、メールを見たから」

男は困った声でトヨに言った。かなり動転している。

「俺がかけます」

トヨはポケットからスマートフォンを取り出して救急車を呼んだ。駅前。三つ目の交差点、駅から見て右側の車線。車に撥(は)ねられた怪我人がいる。情報を告げると「警察に電話をしましたか?」と訊かれたのでまだと応えた。二、三分で到着しますと言われた。男は車のドアを開けっ放しにして、後続車に事故を知らせるため、あたふたと赤い三角表示板を組み立てながら、どこかへ電話をしている。

「すぐ救急車が来るから。しっかりして」

呼びかけると擦り傷のある手をあてどなく伸ばしてきた。取るとしがみついてくる。目は開けているが、ぼんやりとしていてトヨを見ていない。彼はうわごとのように呟く。

「足……痛……い」

「うん」

さすってやりたいがどんな怪我をしているかわからない。代わりに彼の上半身を腿(もも)の上に抱き、雪で濡れた肩のあたりを撫でてやった。擦り傷以外に怪我は見えないが、厚着だから身体の様子はわからない。ぽつぽつと血痕があるから怪我をしているのは確かだ。

「どうなるのかな、俺。お母さん……。学校に。……ごめんなさい。ご迷惑を」

内容がバラバラな言葉を零す彼が、トヨに頭を下げようとするからトヨは首を振った。

「そういうの、いいから黙ってろよ。……って動かないで」

「っつ……」

身体を起こそうとして、トヨの胸元に崩れるようにしがみつく彼を必死で抱き支えた。トヨのコートの胸のあたりを摑んでくる。肩から胸に垂らしたままの赤いイヤホンコードごと摑まれたが許すことにした。

「寒くないか？　大丈夫か？」

雪の中に倒れているのと、この身体で起き上がるのとどっちが彼のためにいいのかトヨには判断できない。

頰の擦り傷から血が滲んでいた。左眉のすぐ下に切り傷がある。傷口から赤い珠が結び、目じりに向かってゆっくりと流れ落ちる。トヨはポケットからハンカチを取りだし傷口を押さえた。少しでも寒さが和らぐように、自分のマフラーで彼の襟元を覆ってやり、胸に抱いて、髪の毛を撫でてやることしかできない。

トヨの胸と彼の隙間が、彼の吐く白い吐息で充たされる。彼の速い呼吸の音が大きく聞こえた。コートの襟足から黒い詰め襟が覗いている。こんなときなのに、唇の形がきれいだと

か、血で汚れた肌の滑らかさがやけに目についた。

怖いのだろうか、痛いのだろうか。彼の手にぎゅっと力がこもる。真っ白な手の甲に針金のような細い筋が浮かんだ。

彼が呼吸をするごとに現実感が戻ってくる。腕が彼の身体の重みを事実として受け入れはじめ、彼が命の危険におかされている実感がじわじわと湧き上がってきた。

「すみ……ません」

彼が言うから返事の代わりにトヨは腕に力を込めた。ぐったりした腕の中の重みが怖かった。彼の速い鼓動が伝わってくる。彼が震えるのがわかる。二、三分と言われたが長い時間に感じられてたまらない。

遠くからサイレンがやっと聞こえてきた。駅前を曲がってくる救急車にトヨは大きく手を振る。

反対車線に突っ込んだ状態で停まっている車の側で、救急車が停まった。バンバン、と一斉にドアが開閉する音がして救急隊員が降りてくる。

「怪我人はどこですか？　お電話したかた、どなたですかー？」

隊員の一人がトヨを見ながら大声で言った。

「俺です。この人が撥ねられて！」

すぐに側に担架が用意される。救急隊員はトヨにしがみついている彼に大きめのはっきりした声で訊ねた。

「大丈夫ですか？　いちばん痛いところはどこですか？」

「あ……足……」

ぎゅっと身体を竦めながら、小さな声で彼は応えた。彼の足もとを見るとイチゴのかき氷のように雪が赤く染まっていた。血は雪に染みてどんどん滲んで広がっていくように見えた。彼の左のつま先が不自然な方向を向いているような気がして、トヨは思わず目を背けた。

「他には？」と隊員が訊く。

「……。腰……。こっち……」

彼は左の腰に手を伸ばそうとするが、うまく動かないようで空中で藻掻(もが)くだけだ。救急隊員は彼の腰のあたりを確かめたあと、トヨが目蓋の怪我を押さえていたハンカチを捲(めく)って傷を見た。トヨも覗いたが、こっちは大した出血ではないようだ。

「あの、右肘も怪我をしているみたいです。こっち向きに倒れたみたいで」

赤く染まったハンカチを担架の隅に置く救急隊員に、彼に代わってトヨがつけたした。コートごと擦りむけた肘からも血が出ている。コートには穴が空き、赤い傷口が見えていた。

トヨが顔を上げて車のほうを見ると、彼を撥ねた車のドライバーらしきスーツの男が、ほぼ同時にやってきたパトカーの警察官に何かを話していた。大きな身振りで車が出てきた道路や交差点の中央を指さしている。救急隊員はトヨに質問した。

「あなたは事故の瞬間を見てましたか？　どんな感じで当たったか覚えていますか？」

「はい」

寒さか緊張かわからない震えで声が揺れる。

「この人が向こうの道路で信号待ちをしていたら、そっちの」

トヨは振り返って、自分が渡ろうとした細い道路のほうを指さした。

「あの道から車が急に飛び出してきて、あのあたりで滑ったみたいなんです」

「あー、スリップあとがありますね。あれですね」

上から覗き込むようにしていた別の隊員が交差点の中央を見やりながら言う。

「そのまま車が横滑りしてきて、この人の右側から当たって、この人も倒れて」

「轢かれた感じ？　車の下敷きになったとか」

「いえ、はね飛ばされて、下敷きにはならなかったと思います。足とか小さいところはわかりません」

トヨが説明していると救急隊員が彼の両脇を抱え、ゆっくりとトヨから離した。彼の身体はなすがままだったが、握ったままのトヨのしていたイヤホンコードが引っ張られた。トヨが慌てて首から外そうとすると、コードが彼の指から外れる。すぐに彼の足は板を当てられマジックテープのついた帯で固定された。救急隊員がトヨに訊く。

「あなたはこの人のお友だちですか？　一緒に救急車に乗ってもらうことはできますか？」

「いえ……知らない人ですけど……」

トヨは答えかけて自分の胸を摑んだ彼の、血の気のない手を思い出した。

「……乗ります」

どうしよう、と思ったが彼を放ってはいけない。自分の情報がないために彼が死んでしまったら後悔する。

彼はオレンジ色の板のような担架の上で、首を固定されてそのままストレッチャーに乗せられた。トヨも救急車の中に案内される。ベッドの横に横長の椅子がある。奥からトヨ、トヨに話しかけていた隊員、彼の手当てをする隊員の順番に座る。

「自分のお名前わかりますかー?」

中腰の救急隊員が彼に顔を近づけている。

「目は見えますか? 呼吸が苦しいとかはないですか?」

運転席では慌ただしく無線が交わされている。住所や何か専門用語のようで内容はよくわからない。

彼の足の応急手当てをし終えた救急隊員が、トヨに「お話を聞かせてください」と言って紙の挟まった板を取り出した。

「事故は、何時くらいか覚えてますか?」

「七時五十分くらいだと思います。事故を見てからすぐに電話をかけました」

「彼に当たったのは、さっきの車で間違いないですね？」

「はい」

「轢かれた感じではなかったんですね？　おなかの上に車がのったりしたのは見ませんでしたか？」

「たぶん。でもぶつかったときすごい音がして、彼、勢いよく倒れました」

「そう。だいぶん擦ってますからね。信号は赤でした？　青でした？」

「見ていません。彼、押しボタンのすぐ側に立っていて、そこに車が突っ込みました」

トヨが答えると、気の毒そうな顔をしながら救急隊員は紙のあちこちにチェックマークを入れていく。

前ではまだ無線の音がしている。漏れ聞こえてくる会話から、この雪で事故が多く、受け入れ先の病院がなかなか見つからないらしかった。

「血圧が低いので、目の前がぐらぐらするのはそのせいかもしれません。病院に着いたらCTを撮りますからね」

真っ白な顔の彼を救急隊員が励ましている。トヨに質問をしていた男も、そっちを見て半分独り言のように言った。

「大きい怪我はなさそうだ。学生さんだね。ほんと気の毒だよね」

それからしばらくして受け入れ先の病院が見つかった。だが救急車が病院に到着したのは雪の中を三十分以上も走ったあとだ。雪のせいであちこち渋滞し、通行止めの橋や道路を回避したせいだ。

　受験の受付開始の時刻を過ぎていた。病院から会場に向かっても受付終了時刻に間に合わない。

　車中で必要なことはぜんぶ喋ってしまって、到着したらすぐに帰っていいと言われた。担架の横にたたまれていたマフラーを受け取って救急車を降りた。トヨはただの目撃者だ。連絡先は言っても言わなくてもいいと言われたので、言わないことにした。

　雪は降り続いていた。

　薄墨色の世界に、風を含んだ白い破片が不規則に舞っている。救急車を降りた場所から、トヨが救急搬入口に吊られている赤い球体のランプをぼんやりと眺めていたら、ばたん、と車のドアが閉まる音が聞こえた。歩いてくるのは運転席にいた救急隊員だ。

「学生さんかな、帰り、大丈夫？」

「はい。バスがありますし、お金も持ってます」

　トヨが応えると、トヨより随分年上に見える救急隊員は礼儀正しく頭を下げた。

「病院まで同乗してくださってありがとうございました。きっと大丈夫ですから安心してください」

「こちらこそありがとうございました。僕は帰りますが、彼をよろしくお願いいたします」

面識もないただの通りすがりだ。彼の治療を待って何か言って帰るほどの知り合いでもない。

何となくトヨが振り返ると、さっきの救急隊員が手を振ってくれていた。トヨは手を振り返して、病院の裏側から駐車場を通って雪が積もった通りに出た。

試験はもう始まっている頃だった。

雪の中、道路まで出るとすぐにバス停は見つかった。

知らない路線だ。ずいぶん遠い病院まで連れてこられたようだった。

帰りの市営バスの中は別世界のように暖かかった。気温差で窓が雨の日みたいに結露している。

バスの長いワイパーが左右に大きく雪を掻き分けるのを、バスの中程の席からぼんやり眺めていると、急激に身体が緩み、だるさが襲ってくる。

あのとき救急隊員に任せて自分は付き添わず、試験会場に行ったほうがよかったのかと考えた。でも、どうしても彼を見捨てることはできなかったし、多分あのまま試験を受けたとしても、集中できなかったに違いない。

早い時間に帰宅した自分に母親は驚いた。

事故を目撃して、救急車で運ばれた怪我人に付き添ったことを話すと母親は少し泣いたが、トヨを責めなかった。

「せっかく勉強したのにね。来年、受け直す？」

みんながまだ受験中だろう正午頃、昼食の明太子パスタを食べていると優しい口調で母が訊いた。

「いい。再来週の別の私立高校も視野に入ってたから、今日の学校、落ちたと思えば問題ないよ」

もともとB判定で不安なラインだった。レベルや評判では劣るが、来週試験がある別の私立高校にも特進科があるので第一希望が落ちたらそこに行くつもりでいた。トヨが小学生の頃から続けている陸上部はそっちのほうが強いし、大会のときにそこのコーチから口先だけだが《うちへ来ないか》とスカウトめいた言葉も貰っていた。

残念とか、悔しいという気持ちは起こらなかった。ただ彼の怪我はどうだろうと、そればかりが気にかかっていた。

夕刻になり、父が帰ってきた。あらかじめ母から電話で事情を聞いていたらしく、父は帰宅するなりリビングにトヨを呼んで言った。

「よくやった」

「ありがとう、父さん」

父の理解が貰えてこればかりは本当に嬉しかった。

部屋に戻り、荷物を整理した。雪に濡れたまま放っていたコートをハンガーに干し、同じく濡れたズボンを畳んで机に置く。

コートのポケットにぐしゃぐしゃに突っ込んでいたイヤホンを引っ張り出すと、インナーのゴムが片方なくなっていた。事故のときだ、と思ったが雪の事故現場に探しに行ったところで見つかるとは思えない。

とりあえず洋平には報告しておかなければならない。せっかく駅まで来て見送って定期まで貸してくれたのに受験ができなかった。でもこれで自分は洋平と同じ学校に行くことになる。結局腐れ縁だったと笑いあって、明日肉まんか何かを一緒に食べて気分を切り替えよう。

「ああ、そっか……」

洋平に電話をかけようと、スマートホンを取り出して思い直した。

今日明日は、親戚の家だと言っていたか。

連絡はしないほうがいいだろうとトヨは思った。

やさしい洋平のことだ。今日のことを話したら、何やってんだよと、外が大雪でも嵐でも、怒った顔をしながら自分を慰めるために帰ってきてくれるに違いないからだ。

翌日を変な気分のまま、少しの居心地の悪さを抱えながら過ごした。雪が溶け残る、薄日の差す穏やかな日だった。

学校へは連絡を済ませたと、朝、父が言った。トヨはぼんやりとただの冬の一日を過ごした。第二志望の受験のための勉強をする気にはなれなかった。

母もすっかり落ち着いていて、普段通りに振る舞ってくれたのがありがたい。

夕食の後、そろそろ洋平が帰った頃だろうかと思い、彼の家に行く準備をすることにした。

家に帰ってから、鞄はまったく開けていない。

中央のジッパーを開けて、洋平の定期券を取り出そうとしたが、記憶の場所に見当たらない。バッグの内ポケットと、参考書の間を探すがやはりどこにも見つからない。

「あれ……？」

そんなはずはない。余計なものも入れていないはずだ。本の間を見ても挟まっていない。

中味をぜんぶ机の上に取り出した。

一冊一冊めくってみるが挟まっていない。ペンケースの中。革のケースごと借りたから財布には入らないはずだが一応見てみる。やはり、ない。

最後に取り出したのは向こうの駅だ。改札を通るまでは確実にあった。もしかして、と思って制服やコートの中を確認するがやはりない。

落としたのだろうか。だとしたらどこに？

考えられるのは駅、ハンバーガーショップ、あの事故現場、救急車の中、帰りのバスの中だ。でもバスの中で、コートのポケットに手を入れて、定期に触った記憶がない。

どうしよう、と思ったが、まずは洋平に電話をしなければならない。受験のことはさておき、洋平の定期が見当たらないことを謝らなければ。

謝ったらすぐに、昨日自分が通った場所をぜんぶ探しに行こうと思いながら、雪のちらつく窓を振り返りつつスマートフォンを手に取ったとき着信があった。洋平からだ。

すぐに通話のボタンをスライドさせた。

「今電話しようと思ったところ」

《お。早(はや)》

びっくりしたような洋平の声がする。

「ごめん、洋平、俺、お前の定期券を」

《俺の定期を拾ったって警察署から電話が》

同時に喋りはじめて同時に黙った。トヨが譲ると洋平が言った。

《俺の定期を拾ったって、何かお菓子も預かってるって警察署から電話があってさ、昨日はありがとうございましたって、もう何のことだか》

「え……？」

《どういうことだよ、トヨ。お前、パトカー乗ったの？》

向こうから混乱した洋平の声が聞こえた。

トヨの家には洋平の湯飲みがある。

「いや、そこがトヨのいいところなんだけどね」

ことの顛末を聞いた洋平は、洋平の部屋のこたつの向かいでテーブルの上で頭を抱えた。

手土産のリンゴを目の前に置いたトヨは「ごめん」と繰り返した。

「そういうことがあったときは、早く電話、しよ？」

「うん、ぜったい鞄の中にあると思って、今日まで探さなかったんだ。本当にごめん」

「じゃなくて、事故に遭ったとか、その場で電話しろよ」

「ありがとう」

定期券は事故現場に落としていて、現場検証をした警察官が、さっき救急車に乗っていった人のものだろうと、駅に照会してくれたらしい。事故に遭った学生の名前と違っていたから、トヨの持ちものと判断され――定期券は洋平のものだが――連絡を取るなら昼間のお礼にお菓子を渡してほしいと、彼の両親が添えてきたものらしい。

洋平は、トヨが昨日の朝洋平と別れたあと辿った出来事にまず驚き、最後にそれが原因で受験できなかったことに驚いた。自分だってあのあと、あんなことになるなんて思わなかった。

「明日、貰いに行ってくる。ごめん、洋平」

「そんなのはぜんぜんいいけどさ。俺も一緒に行こうか？」

「だって、お前の定期券落としたのは俺なんだ」

「だから俺じゃないとまずくない？　学生証とか身分証明書見せろって言われない？」

「……そっか」

だいぶん落ち着いたつもりでいたが、頭が回っていないようだ。

洋平は苦笑いをする。

「じゃあ、いっしょに行こう。お菓子三分の一よこせよ？」

「ぜんぶやるよ」

受験できなかったことと同じくらい、洋平の定期を落としてしまったことがショックだった。菓子くらい、ぜんぶ洋平に渡したい。

「お前さ」

洋平は呆れたようなため息をついた。

「そういう優しさスゲエけど、いろいろ譲りすぎ」

洋平は最後まで定期を落とした自分のことを責めもせず、彼らしい苦言をくれた。


——そうして五月を迎えたというわけだ。

†　†　†

朝、洋平が『昨日、伊吹と何かあったのか？』と訊いてきたが、『何もないけど用心してくれ』と頼んだ。『もう話せばいいのに』と洋平は言ったがトヨは首を振った。

伊吹は何らかの違和感を覚えているようだが、確信はない様子だ。思い違いでやり過ごせる程度のことならこちらからわざわざ打ち明けて、やぶ蛇をつつくような真似をしたくない。

翌日学校で会った伊吹はいつもの伊吹だった。トヨに何かを訊いてくるわけでもなく、洋平に何かを話そうとするそぶりもない。

穏やかな、だが妙に緊張する一日だった。疲れが酷い。

トヨは学校から帰って早々、ベッドに身体を投げ出していた。

五月。教室で伊吹と再会したとき、正直マズイと思っていた。事故現場で伊吹に会ったのは自分だし、伊吹がお礼の菓子を送ったのは洋平宛だ。自分の顔を見たらあのとき伊吹を助けたのが洋平ではないことが一発でばれる。そう思ったのだが、伊吹は洋平をトヨだと思い込んでいた。確かにあのときは事故で朦朧（もうろう）としていたようだし、怪我のせいで目もあまり開けていなかった。トヨは連絡先を教えなかった。

自分は伊吹の名前を知らなかったが、ああそういえば、とあのあと洋平が言い出した。お菓子の掛け紙に『高丘』と書いてあった気がすると。自分も何となく見た覚えはあるが、何と書いていたかまでは思い出せない。

——どうするよ。アレ。カンペキに勘違いしてる。

伊吹が学校に来るようになって一週間目くらいに洋平が困った顔をした。

——別にいいと思う。伊吹のせいで、俺があっちの学校受験できなくなったって言われたら辛いだろ？　もうどうにもならないし、選んだの俺だし。

強がりではなく、本心だ。

もしも、事故のせいでトヨが第一志望校を受験できなかったことを伊吹が知ったら、どれほどショックを受けるだろう。《洋平》にあれほど恩義を感じて再会を喜んだ伊吹の心を潰してしまうかもしれない。

洋平は、伊吹が本当に感謝すべきなのはトヨに対してだということに加え、トヨが本命校を諦めてまで救急車に付き添ってくれたことに対しても、伊吹は正しく恩義を感じるべきだと言った。だがそれに意義を見つけられなかったから、トヨは首を振った。もしも真実を打ち明ければ自分があの高校の受験資格をもう一度得られるとでもいうなら考えたかもしれないが、それも過ぎた話だ。

伊吹に本当のことを言っても伊吹がショックを受けて、自分たちの関係がぎくしゃくするだけだ。自分と洋平さえ黙っていれば何ごともなく過ごしてゆける。

親には伊吹と同じクラスになったことを告げた。ただもう終わったことだから、もしも伊吹や伊吹の親と会う機会があっても、あの事故を思い出させるようなことを言わないでほしいと口止めをした。赤いカナル型イヤホンも修理せず、黒いヘッドホンに買い換えた。

「――……」

ベッドに仰向けに寝っ転がっていたトヨは、今はもう使っていない赤いイヤホンのコードを目の前に吊るした。

片方は断線し、片方はイヤーピースがなくなっている。なんとなく捨てられずに取ってあるものだ。これを見るたび赤いコードごと、トヨのコートを摑んだ伊吹の白い手を思い出す。

――いつからバランスが崩れたのだろう。

伊吹が学校に来はじめたのは五月。六月は洋平と口裏を合わせながら、伊吹の記憶の中で、洋平と自分が入れ替わっていたことを隠したことも含めて、すべてがうまくいっていた。七月に伊吹の松葉杖がとれ、夏休みに市営プールに出かけたときも普通だった。

伊吹を好きになったのはいつ頃か、明確な時期は思い出せない。表情やまっすぐな考えかた、ものの食べかたが何となくいいなと思っていて、燃えるような夕焼けを見たときに、他の誰でもなくこれを伊吹に見せたいと思ったあたりで自覚した。

伊吹が好きなのかもしれない。

そういう仮定が湧き上がってもそれが本当かどうか確かめる方法はなく、もしも伊吹を恋愛対象として好きだとわかったところで男同士だ。

はっきり思い知ったのは、伊吹が洋平のことを好きだと言ったときだ。恋愛を自覚して、同時に失恋した。それでも自分は大丈夫だと思っていた。伊吹が自分と親しくて、洋平と一緒に笑ってくれればいい。ずっと三人で仲良くやっていければそれで満足だった。

伊吹を傷つけまいとすることだけが理由だった先月までなら打ち明けたかもしれない。だが伊吹が『事故のときのあの人が好きだ』と言うなら事情が変わってくる。

――トヨが事故のとき助けてくれた人ならよかった。

片想いに疲れたのか失恋で弱ったのか――。

弱音のような伊吹の言葉を聞いたとき、トヨの中で何かが大きく揺らぐ感じがした。

本当は、初めから好きだったのかもしれない。腕に伊吹の身体の重みを感じたときに、伊吹に惹(ひ)かれはじめていたのかもしれない。

病院に搬送された伊吹のことをずっと心配していた。どこでどう過ごしているかわからなかったが毎晩回復を祈った。伊吹が再び目の前に現れて、彼の紅潮した頬や笑顔を見るたび、彼が生きていてほんとうによかったと思った。

思うたびいとおしくなって、短い間に恋になった。

《好きだった人と再会できるかも》

ふと、あの日手のひらに転がった、うす黄色の飴を思い出した。

「ドロップ占い、当たるじゃん」

自分でも気づかない心を見透かして、予言までしてくれるとは。


終業式の放課後、教室はざわめいていた。

「里奈っちおめでとう！」

女子が騒いでいる。何だろうと思って見ていると隣の女子が教えてくれた。

「赤いドロップが出たんだって」

「そんなのいったん紙にいっぱい出して赤いの選んで食べればいいんじゃないの？」

トヨが答えると彼女は「わかってないな、白井」と言って首を振った。

「一缶につき一回勝負。いっぱい中味を出したり中を覗きながら出しちゃダメなの」

「けっこう厳しい占いだったんだ」

「当たり前よ。恋愛をナメないで」

言い残して隣の女子は鞄を持って席を立った。なるほど一缶開けても一回しか占えないから、彼女は残ったドロップを消費するためクラスメイトに缶を回していたのか。

けっこう厳粛な占いだったんだな、とトヨが思っていると、斜め前の席に座って伊吹が手のひらにドロップの缶を傾けていた。彼は手のひらを眺め、すぐに口に入れた。何色かは見えなかった。

クリスマス会は三日後だ。

大きな荷物などは昨日までに持って帰っている。教室の中でさっそくクリスマスケーキを食べている女子の集団がある。追加の宿題のプリント束を鞄に入れて、伊吹と教室を出た。

擦れ違う女子がカラオケにゆく話をしていた。

クリスマス会まで時間がない。今日中に洋平へのプレゼントが思いつかなかったら、別の店で見つけたマフラーにしようと伊吹と話していた。もうそれ以外に見つかりそうにないし、決めようか？　と伊吹に話しかけようとしたときだった。

「トヨ、話があるんだけど」

階段を下りきったところで、伊吹が振り返った。

「何？」

訊ねると、伊吹は先を歩いて廊下を曲がった。洋平との待ち合わせに使っていた場所へ向かう気らしい。あとをついて歩くと、伊吹は廊下の突き当たりで立ち止まった。

「どうしたんだ？」

「トヨは、俺がトヨが好きだったみたいって言ったら、都合がイイヤツって思う？」

とっさに自分のこととして受け止められないことだったから、むしろ客観的に考えられた。

数日前まで洋平が好きだと言っていたのに、今は自分が好きだという。彼氏をとっかえひっかえする女子ならまだしも、伊吹に軽薄な感じはない。静かだがその分思いつめた伊吹の様子が伝わってきた。

「そんなふうには思わないけど、無理に誰かを好きにならなくてもいいと思う」

洋平との恋が叶わなかったからといって、次を探さなければならないわけじゃない。クリスマス前だからといって無理に恋愛をしなくていい。

伊吹は表情も変えずに、じっとトヨを見ていた。

「俺を助けてくれたのは、本当にトヨじゃない？」

「ああ」

自分たちが喋らなければ証拠はない。

「わかった。だったらおあいこだ」

少し低い声でそう言って、伊吹はドロップの缶をポケットから出した。からからと左右に振ったあと差し出してくる。

何で話の途中でこんなことをするのかわからないままトヨは缶を受け取り、丸い蓋を爪で開けた。

「赤いドロップが出たら、恋が叶うんだって」

戯れにそんなことを言いながら、トヨは缶を手のひらの上に傾ける。ころんと出てきたのは——緑色。メロン味だ。

いい加減覚えてしまいそうなくらいドロップ缶と一緒に回ってきたメモ書きによると、たしか《恋人に嘘がばれる》だったか。

それで？　と訊ねようとすると、伊吹が言った。

「もっと振ってみて」

言われるままに振ってみる。入り口あたりで跳ねているのはドロップよりももっと軽い。ドロップの隣に転がり出てきたのは赤い球体だった。まん丸ではなく、歪な形だ。見覚えのある——イヤホンのイヤーピースだ。

「トヨのじゃなかったら捨ててくれないか？　預かりっぱなしにしてたけど、トヨのじゃないって言われたら返す当てがないから」

「伊吹」

伊吹はトヨをじっと見てから、眉間に皺を寄せて俯いた。

「俺は洋平にそれを返すタイミングは何度だってあったのに、何も言わないでずっと大事に持ってた。あのとき好きになった人にもう一回これを見せてお礼を言って、あのときの話をしたかったから。告白するかずっと黙っておくか俺が決めて、ちゃんと話せるようになるまでと思って知らんふりして持ってたんだ。洋平と会ったときからずっと、早く渡したいと思ったけど、どうしても洋平には渡せなかった。理由はずっとわからないまま、なんとなく」

「待ってくれ、伊吹」

どこから聞いたのだろう。疑っていたのには気づいている。だが根拠がわからない。

伊吹はトヨの制止を聞かずに強引に話を続けた。

「自分の受験放り出して、俺を助けてくれたなんて、知らなかったから」

「どうしてそれを」

誰かから噂話を聞いてトヨがあの学校を受験予定だったことを知ったとしても、その結論には辿り着けない。だが間違いなかった。伊吹は知っている。

伊吹は簡単に種明かしをした。

「宮本に頼んで、中学の卒アルとスナップ写真、見せてもらった」

洋平の隣にはだいたい自分が写っている。

「赤いコードのイヤホンつけてたの、トヨだった」

確信した理由を伊吹は告げた。もしかしてあの高校を受験する予定だったことも聞いたのかもしれない。

伊吹は淡々とした様子を崩さないまま言い残す。

「それでも間違いだって言うならそれでいい。トヨが好きだ。……じゃあ」

「待ってくれ」

ぜんぶ。ぜんぶ話してしまおうと思った。あの日から伊吹の手のひらに握られていた、赤い粒のことも。

「赤いドロップの占い、伊吹は知ってるか？」

「……知ってる」

「俺の願いが叶うかもしれない。聞いてくれ」

ドロップの占いが本当になる瞬間を噛みしめながら、トヨは戻ってきた赤い粒を握りしめた。

「――好きだ、伊吹。ずっと前から」

END

Present for you

「どういうことなんだ、これ」

部屋の入り口に立った洋平は、トヨの部屋に用意されたパーティー用のローテーブルを見て呻いた。

今日はクリスマス会だ。

今年はトヨ主催で、トヨの母がメインディッシュとなるカレーを作り、伊吹はフライドチキンを買ってくることになっていた。ケーキは一人四〇〇円出しで、主催のトヨが店に買いにゆく。洋平はピザの担当だ。ちゃんとピザ屋に予約をして、トヨに言われていたチーズとコーンをトッピングしたLサイズのピザを二枚買って来た。

それでなくとも今年は豪勢だなと思っていたのに、テーブルの上はそれどころではなかった。シャトル鍋に入ったカレーと炊飯器まではいいのだが、真っ白のホールのクリスマスケーキはどう考えたって千二百円では買えない。フライドチキンもクリスマスバーレルサイズだ。一体何本入っているのだろう。

「いや……、ちょっと、奮発しようかな、なんて」

後ろにいたトヨが、言いにくそうに言う。ありがたいことだが十五年間の付き合いの中で今までトヨがそんなことをしたことは一度もなかった。トヨは優しく義理堅いがその分几帳面で、予算を立てたら上回らない程度にカッチリ買い物をする人間だ。一人三九八円のケーキを買ったらレシートとともに二円のおつりを返してくるタイプだった。高校に入り、伊吹が仲間に加わってから余計厳密になった。三人だから当然割り切れない金額が増えてゆく。一円まで割って最大二円の誤差を「前回俺が多くもらったから」と言って、ことあるたびに順番に分配するヤツだ。

心当たりは少しだけあった。

「――……もしかして、俺、祝われてるの？」

洋平は、部屋の入り口に立ったまま、テーブルの横に正座している伊吹に訊ねた。

終業式前に洋平に彼女ができた。

トヨも伊吹もそれはそれは祝福してくれて、そのお返しがこのトッピング増量ピザだ。

伊吹は複雑そうな笑顔を浮かべた。

「いや……祝ってるっていうかその、祝ってほしいっていうか……」

「んん？」

「まあ、入れよ、洋平」

「あ、ああ」

トヨに背中を押されて、洋平はトヨの部屋に入り、テーブルの前に座った。

炭酸ジュースの大きいペットボトルの隣にシャンパンっぽい炭酸飲料が並んでいる。容れものもいつものコップやマグカップではなくガラスのグラスだ。トヨの母親が山盛りのグリーンサラダまで用意してくれているから、本当のパーティーみたいだった。

「お……俺、なんかしたっけ……？」

何となくつられて正座で座ってしまっていた洋平は、二人の顔色を代わる代わる窺（うかが）いながら訊ねた。

宮本（みやもと）と付き合いはじめたのを祝うにしても、こんなに豪華なのはあんまりだし、十月に技能検定にひとつ受かったけれど、それを祝われるには遅すぎる。誕生日はまだで、最近特別すばらしい話もない。

トヨは伊吹と先ほどからチラチラ視線を交わしている。何か言いたげなのはわかったが内容の想像がつかないと思っていると、トヨが洋平に言った。

「あの、黙ってて、悪かったけど、その……伊吹と付き合うことにしたから」

「……え？　俺を外すってこと……？」

突然の申し出に、ぽかんと問い返した。

ずっと三人でうまくやってきた。トヨが伊吹と最近仲がいいのも知っている。だからといって自分がこれきり彼らに誘われないというなら理由がわからない。

確かに自分は何につけても宮本優先で、彼らと一緒に登下校しなくなったし、土日も宮本と遊んでばかりいたが、ちゃんと必要なことはメールとかで連絡も取っていたし、ラインを返さないことだって、ときどきしかない。

洋平は慌てて言い訳をした。

「確かに俺は最近、宮本とばっかり一緒にいてさ、映画とかゲームとか付き合えなかったけど」

「そうじゃなくて、三日前から伊吹と付き合ってるんだよ。洋平に言うのが遅くなって、悪かった。俺たちにも少し覚悟する時間がほしかったっていうか」

「は？　伊吹とつるんでるのは一年のときからだろ？　記憶喪失か？　トヨ」

見かねたように伊吹が、控えめに口を挟む。

「いやそうじゃないんだ、その、トヨと、あの……、お付き合いしてるっていうか」

洋平は徐々にピントが合ってゆく頭の中に目を凝らし、ゆっくりと彼らの言っていることを理解した。

もしかして、トヨと伊吹が恋人として付き合っているということだろうか。

なあんだ、と失笑する思いだった。思い当たったらこの状況が腑に落ちた。何でこんなにパーティーをデラックスにしたのかは知らないが、これに乗じた冗談だ。

洋平はてきとうに笑った。

「ぜんぜん面白くない、ネタなら少しは捻れよ。しかもわかりにくいよ」

どうせなら「明日からお前を仲間はずれにする」と言ったほうがドッキリとしては質が上だ。

だが、てっきり見破られて笑い出すと思った彼らは困った笑顔を浮かべ、また相談するような視線を交わしている。嘘だと言って笑い出す気配はなさそうだ。

伊吹に「マジで？」と訊いてみた。

トヨと伊吹が付き合っている。付き合うと言ったたって、男同士で何をするのだろう。伊吹はうん、と頷いたが洋平の心はまったくスッキリしない。仕方がないのでトヨに訊いてみた。

「マジで？」

トヨも、うん。と答える。

その様子を見て、洋平は少し失望した気分になった。トヨは生真面目だがギャグのセンスはある方だと思っていた。そんな、わかりにくいしすぐに見破られる冗談などで自分のウケが取れると思われていたなら見くびられたものだ。

仕方がないな、と、洋平は心中ため息をついた。自分がここに到着する前にふたりで一生懸命考えたネタなのだろうが出来映えは残念だ。

本当にこいつらは自分がいないと、どんどん雑談のレベルが下がってゆくなと心配しながら、洋平はとりあえずピザのために開けられていたテーブルの上の空間にピザの箱を置き、正座の足を胡座に組み直した。

「サラダ、すげえ旨そうじゃん。おばさんが作ってくれたの？　それ、何て言うのポプリ？　黄色いピーマン。うちもそういうの使ったらって、オカンに言ったらさ、普通のピーマンと色が違うだけだっていうんだよ。それでな……」

「パプリカ」と小さな声で言う伊吹に「うんそうそうそれ」と答えて、今度は最近、洋平の裏の家の大学生が買ったバイクの話をした。多分三十万円はしたはずで、自分で買ったはずだが、かなり時給が良くなければ厳しそうだ、どこでバイトしたんだろうな、とか。……とか。

洋平はどうしても思考の端っこを引っ張り続ける考えを無視できず、トヨに問いかけた。

「あの、さっきの話なんだけど」

二人が自分を見る目が何となく、申し訳なさそうというか困っていそうだとか思っていたが、どうしても洋平も引っかかるところがあって、話を元に戻すことにした。

「……マジでマジで？」

トヨと伊吹が付き合っているという話だ。

「うん」

二人は揃(そろ)って頷(うなず)いた。ようやく話が通じて安堵(あんど)しているような表情だった。

頭の中で理解できても、すぐにぴんとは来ない。

好き合って付き合っているということだろうか。

自分の親友たち二人が、自分と宮本のように？

でも二人とも洋平が理解するのを待っているような表情だった。ときおりちらりと互いを見合って、洋平の反応を緊張して待っているようにも見えた。

洋平は少し考え込んだ。

「ゲイ……とかいうやつ……？」

こわごわと小声で訊ねてみる。トヨは困ったような顔で答えた。

「まあ、そう言うこともあるかもしれない」

なんで。と切り出しかけて洋平はやめた。

彼らがゲイでもトヨはトヨで伊吹は伊吹だ。それより慎重な彼らが自分に打ち明けてくれたことこそを喜ぶべきなのかもしれない。

伊吹が不安そうな顔をしている。「喧嘩になっても辞さない」というときのトヨの顔は、小さい頃と変わらなかった。

戸惑う、というかほぼ動転に近いくらい心の中はぐるぐるするが、彼らを罵倒しようとか、やめとけと言うとか、そんな考えは浮かばなかった。

親友二人が仲良くて幸せだ。多分、このあいだよりもっと。

こめかみを掻きながら、何かを訊こうと思ったが、具体的に何が訊きたいのかわからない。まあとりあえず幸せなんだからいいだろうと洋平は思った。少なくとも寂しがったり困っていたり泣いたりするよりずっといい。

「あー……、えと、おめでとう、……なわけ？」

戸惑いながら洋平は尋ねてみた。

多分喜ばしいことのはずだ。たぶん。前例を知らないからわからないが、彼らが理不尽でないならそれでいい。

「うん、ありがとう」

トヨと伊吹はまた視線を交わして、二人で一緒に洋平に頷いた。

その様子を見て、安心してしまった。しかし。

「――マジでー……？」

洋平は呟いてテーブルに頭を抱える。

こんなに一緒にいたのに、なんで気がつかなかったんだろう。

親友のことなのに、なんでわかってやれなかったんだろう。

† † †

洋平は、小皿に山のように盛った野菜をフォークでつつきながらため息をついた。

「あーバレたのね、そうね」

「うん、ごめん」

トヨが苦笑いをする。

伊吹に隠していた事故の真相がバレたということだった。トヨが喋(しゃべ)ったのではなく、どうやら伊吹が推理したらしい。洋平も、自分かトヨが喋らない限りはバレないと思っていたから、伊吹の勘のよさに驚いてしまった。しかもとどめは宮本が一枚嚙(か)んでいるという。

宮本を叱らないでやってくれと伊吹は言った。叱る理由は特にないと思った。

「いつからだよ」

洋平はトヨに訊いた。

おかしい、と思ったのはクリスマス前に買い物に行ったときだ。この二人、最近やけに仲がいいとは思ったが、恋人独特のベタベタした甘さを感じなかったから、そんなものかとスルーしてしまった。

「三日前、って言っただろ?」

面倒くさそうにトヨが言う。昨日、一昨日(おととい)、その前。頭の中で指を折る。終業式の日か。

「すぐに洋平に言おうって、トヨは言ったんだけど、俺が待ってもらった。ちゃんと話す気はあったんだけど、……ちょっと、勇気が要(い)るから」

「まあそりゃ、理解する」

トヨとはおねしょの罪をなすりつけあった仲で、エロ本の折り目まで知っているくらい隠しごとがないのだが、確かに男と付き合うと告白するのは勇気が要ったことだろう。

「お前はたぶん、俺が伊吹を好きって言ったって、気持ち悪いとかは言わないと思ったけど、一応、緊張はしたんだ。ほんとに平気か？」

「男同士ってこと？」

「そう」

「だって、男と女の数は半分ずつじゃん」

「うん」

「振られる確率は半々とする」

「うん」

「だとしたら恋人が男って確率は基本的に四分の一じゃねえの？」

「基本的に……？」

伊吹が心配そうな顔をした。

「えっ、間違ってる？　八分の一？」

トヨが隣で声を殺して笑っている。

「なんだよ、だいたいそのくらいだろ。厳密じゃねえけど」

「やっぱりすげーわ、お前」

「褒めても何にも出ないけど」

彼らが悩んでいた三日間が、友情と信頼に対して長いか短いかは置いといて、とりあえず、と二人の友人を洋平は眺めた。

「嬉しいよ。仲良くやれよな。でも俺は外すなよ？」

自分たちの一部に「恋人」という関係が増えるのは歓迎するが、それを理由に親友を二人も失いたくない。

「もちろん。本当にありがとう、洋平」

「お前、そういうとこすぐ改まるよな。恥ずかしいって」

「別にいいじゃん。折り目は大切だろ？」

「俺からも礼を言うよ。ありがとう、洋平」

伊吹にまで重ねられて、なんだかこっちが照れてしまう。

洋平はため息をついた。

「なるほど。それでお祝いパーティーっぽくデラックスなんだな？」

トヨに訊くとトヨは言い訳っぽい声音で頭を掻いた。

「いや、お祝いっていうか俺たちも幸せになってごめんっていうか。洋平に彼女ができたからってコーンとチーズトッピングさせたし。だから俺の小遣い足してケーキデラックスにしといた」

「俺も気持ちだけ増量しといた」

伊吹は言うが、気持ちだけでバーレル一つ以上増量だ。

もしかしてのろけられているのだろうかと思いながら、自分が持ってきたピザの箱を眺めて洋平は言った。

「じゃあ今日は、お祝いってことでぱーっとやるか」

もともと特盛りのところに来て、実はサラミものせておいたとちょっと言いにくくなってしまった。


男子高校生がいくら食べ盛りだといっても、特盛りピザ二枚、ケーキワンホール、クリスマスバーレルふたつに、洗面器の量のサラダとそもそもメインディッシュのカレーは、三人では完食できなかった。カレー以外は三等分してお持ち帰りだ。母が喜ぶ。

食事が済んだら、プレゼント交換の時間だ。

「月並みだけどごめん」

そう言ってトヨと伊吹が渡してくれたのは、グリーンのマフラーだ。黄色に近いオリーブグリーン。さすがにトヨは洋平が好きな色を知っているし、伊吹が交じったせいか地模様のデザインがちょっとオシャレだった。

伊吹はトヨに箱を差し出した。中味は透明のスマホスタンドだ。

「音楽聴きやすいと思って」

トヨから伊吹には、オレンジ色の革張りっぽいバインダーだった。学校のプリントを挟むとさらに頭がよく見えそうだ。

なかなかのハイセンスだ。だが洋平も自信があった。

「俺からはこれな」

洋平は、緑色と赤の包装紙で包まれた本をそれぞれ一冊ずつトヨと伊吹に渡した。

「洋平から本？」

包装紙はクリスマス仕様だが、書店のシールで留められている。初めてのことに、トヨが怪訝(けげん)な顔をする。

「俺だって本くらい選ぶ」

トヨと伊吹が無言で包みを開けると、中から同じ雰囲気の本が出てくる。

「《仮面ライダー図鑑》……」

伊吹が表紙の文字を読み上げた。

「しかも俺のvol. 2なんだけど……」

と言って伊吹の手元を覗(のぞ)き込むのはトヨだ。

「トヨに二年がかりで贈っても良かったけど、せっかくだからふたりでかえっこしながら見てくれ」

「お前、まだ諦めてなかったのか」

残念そうな声でトヨが言う。

「ああ。来年の仮面ライダーは付き合えよ？　そして映画のＤＶＤも観ろ」

小さい頃はトヨも好きだったのに、「最近の仮面ライダー、わからなくなった」といって付き合ってくれなくなってから五年くらいにもなるだろうか。毎年新シリーズが始まるから観ろと言っても「間が抜けたら見たくない」とトヨが言うものだから、いつか図鑑を贈ろうと機会をうかがっていたら二巻が出てしまった。そこに現れたのが伊吹だ。本屋でこの二冊が並んでいるのを見たとき、プレゼントはこれしかないと、眩しいくらいに閃いたのだった。

「トヨは駄目かもしれないけど、伊吹には期待している」

五年も説得に応じなかったトヨが、本を与えたからといって新たに仮面ライダーに興味を持ってくれるかというと難しいが、伊吹は未知数だ。

伊吹は、困惑した顔で本を見てから、両手で丁寧に持ってそっと洋平に差し出してきた。

「それならこれ、返すよ」

「お前までそんなこと言うのか？　一応それ、クリスマスプレゼントだぞ？」

洋平だって、すぐに伊吹が仮面ライダーに興味を持ってくれるとは思っていない。まずは読んでほしいのに、しかもクリスマスプレゼントなのに、表紙を見ただけで受け取らないのは酷い。

伊吹は困った顔だが悪びれない声で洋平に言う。

「うん。わかってるけどこれ、宮本の仕事だろ？」

「俺もそう思う。お前の隣で仮面ライダーを観るのは、これからは俺たちじゃなくて、宮本だ。宮本にこそ、これは必要だと思う」

「え。……あ」

突然、かあああっと、顔に血が上るのを感じて洋平が思わず手のひらで口元を塞ぐと、困った顔をした二人が、洋平の膝の上に重ねて図鑑を返してきた。

END

春色ドロップス

十二月の終業式からトヨと付き合いはじめて、クリスマス会の日に、親友である洋平にカミングアウトした。トヨに「洋平なら大丈夫」と言われて決心したのだった。

最近、漢文の授業で「青天の霹靂」という言葉を習ったが、本当に、今まさにそれを体験しているような呆気にとられた顔を洋平はしていたが、最終的に「おめでとう、……なわけ?」と戸惑いながら受け入れてくれた。

そしてそのあと、洋平はジュースで祝ってくれた。さすがトヨが絶対の信頼を寄せる男だ。《よくわかんないけど》と前置きしながらも洋平の懐はめちゃくちゃ広い。

——お前ら、付き合うのはいいけど、俺を外すなよ?

洋平は伊吹たちにそう念を押したが、洋平こそ先月から付き合い始めた彼女の宮本と一緒にいるほうが多い。今日もさっさと帰ってしまった。

トヨと付き合い始めたが、自分たちは以前とまったく何も変わらない。

放課後教室を出て、電車の時間合わせに、帰りにある本屋に立ち寄るのも以前からの習慣だ。

書店の雑誌コーナーの前で、一番高いところの雑誌を一冊抜き出しながら、トヨは、伊吹が立ち読みしている本の誌面を覗いた。

「その本買う? 伊吹がそれを買うなら、俺はこっちを買うけど」

伊吹が手にしているのもトヨが選んだのも、部屋の模様替えを特集した雑誌だ。もうすぐ春で新生活をはじめる人が多いから、コーナーにはこの手の雑誌が充実している。

「ううん、俺もそっちの雑誌を買うつもり。こっちは立ち読みで済ませようかって考えてたところ」

「じゃあ、俺もそうしよう」

「その本、俺が買うよ。あとでトヨに貸すし」

伊吹の返事に、トヨは考えるように首を傾げたあと答えた。

「寝台列車の記事も気になるから俺が買う。巻末の割引チケット目当てなら、ファミレスのチケットは伊吹と一緒に使うことが多いだろ？　居酒屋とか、伊吹のオヤが使うんだったら勝手に使っていいよ」

　この雑誌の特徴で、本の終わりのほうにミシン目からちぎって使う割引チケットがたくさん付いている。飲食店やレンタルビデオ、シューズショップの割引券。数十円引きから10％オフまで様々だ。一枚につき三名様までと書かれたチケットが多く、行けるところはトヨと一緒に行くことになるだろう。

　気になる雑誌に目を通したあと、トヨは雑誌を持ってレジに行った。書店を出て、ハンバーガーショップのメルマガクーポンでナゲットをつまんでから駅へ向かう。

　明日の授業の話、天気の話。テスト前に一緒に図書館で勉強しようかという相談。これでは告白する前と何も変わらない。トヨは相変わらず優しいし、二人きりで楽しい時間を過ごすのだから実質デートと呼べるかもしれないが、これではただの仲がいいクラスメイトではないだろうか。

「あのさ、トヨ」

駅前のショーウィンドウが並ぶ歩道を歩きながら、伊吹は背の高いトヨを軽く見上げながら呼びかけた。

「なに？」

「俺たち、付き合ってる、んだよね？」

「そうだよ。そうじゃないの？」

「そうだけど……」

スッパリ肯定されて満足してしまいそうな心を励ましながら、伊吹はトヨに問いかけた。

「なんか、俺たち付き合ってるっぽくなくないか？　今までとぜんぜん変わらないっていうか」

「ん……そうだな。手とか繋ぐ？」

と言ってトヨがぱっと伊吹の手を取った。

一瞬びっくりしたが、……普通だった。トヨと手を繋いでも、女の子の手を握るときのような緊張感は生まれてこない。

「いや、何か違う。ごめん」

これではない、と思いながら伊吹はゆるやかにトヨの手を解いた。男同士だから特に気に

表紙&巻頭カラー
カスカベアキラ
ルチル
アニバーサリー
全サ実施!!
★最終
秋葉東
★読みきり後編
蛇龍どくろ
★大好評連載陣
日高ショーコ
山本小鉄子
西原ケイタ
あずみ京平
如月弘鷹
コウキ。
田倉トヲル
かみしまあきら
小石川あお
吹山りこ／山葵マグロ
木山くら／七微
★ショート
富士山ひょうた／ナナキシコ
★注目連載 第2話
ARUKU／雪代鞠絵＋桜庭ちどり
★新連載
小石川あお
三池ろむこ
センターカラー
ルチル
Boy's Cute and Sweet
表紙イラストQUOカード
TAKAM
3/15(Sun)
詳細
http://sum
をチェッ

スマートボーイズ Presents LINE UP
2020 4月スタート カレンダー

大薮 丘
OOYABU TAKA
2/23(Sun)
EVENT@TOKYO
▶恵比寿 日仏会館ホール

高木 学

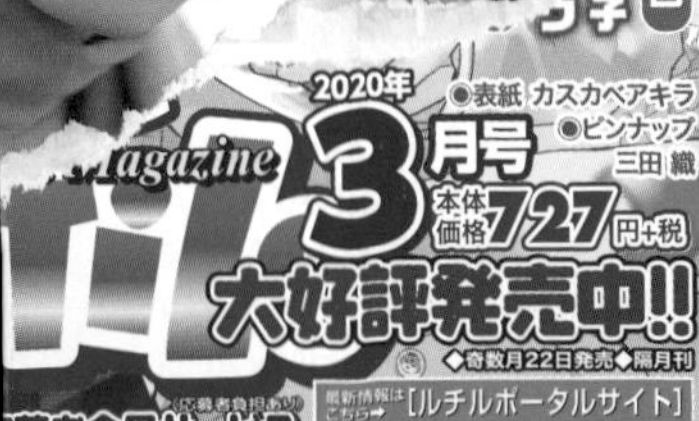

背伸びするから、好きって言って

理原

●B6判●本体価格660円+税

同居中の幼なじみ・一臣に片想い中の大学生・圭斗。
ある日、童貞を隠して遊び慣れた振りをしていたら、
なんと一臣にH指導を頼まれてしまい…!?

身体から始まる童貞くんのHなレッスン♥

◎幻冬舎および幻冬舎コミックスの刊行物は、最寄りの書店よりご注文いただくか、
幻冬舎営業局(03-5411-6222)までお問い合わせください。

バーズコミック
ルチルコレクシ
河童の蜜月
花屋の竜人にプロポーズした河童の菊次郎。いまやラブラブな二人&菊次郎の兄・菖蒲の前に現れた好青年・隼の正体は——!?
●B6判●本体価格630円+税
猫乃森シマ
互いに愛し愛される無二の存在と出逢い、確かな居場所を得た久世と章生。二人の成長を待っていたかのような、久世の兄・総司郎の決意は……。
二組の兄弟・二組の
因果と情愛の物語、
三池ろ
蛇龍どくろ初期傑作、新装版で登場!!
エンドレ
ワー
新装
蛇龍どくろ
偶然出会った龍から「
死んだと聞かされたイッ
●B6判●本体価格730円+税
powered by テンシバーズ
スト
公式サイトはコチラ!
ost.com
新話公開中!
オン
美少女の
風ファンタジー!!
族の若夫婦
として嫁いで来たはずの嫁が
で、僕はとっても困っている〜」
お色気満載の転生冒険ファンタジー!!
キャラクター原案:能都くるみ
違いで死んだら
ガン積みで
放り込まれました」
衝撃の医療小説をコミカライズ!!
原作 久坂部羊 作画 佐藤修
「院長選
会員登録で200
ゼントキャンペーン
(2020/3/3
ill:山
「慈英&
各種小

するようなことではないが、周りの目が何となく集まりそうな気がする。手を繋いでいたところを見ていたかもしれないチラシ配りの女性が、にこやかにトヨたちの前にポケットティッシュを差し出してきた。

「今なら、コンタクトレンズ二割引きです！　学生さんは三割引きです！」

伊吹とトヨは歩きながら、蛍光オレンジ色のはっぴを着た女性から、飴が一個入ったポケットティッシュを受け取った。幸い自分もトヨも、まあまあ勉強するわりに視力はそこそこなので、しばらくコンタクトレンズにはお世話にならずにすむだろう。

伊吹は提案を続けた。

「食事、とか」

ドラマでよく見るデートシーンはとりあえずそれだ。

「今一緒に食べたじゃん。マックだけど」

「遊園地とか」

「伊吹が好きなら行ってもいいけど、伊吹、遊園地とか好きなの？」

「……そうでもない」

絶叫系とかお金を貰ってても乗りたくない。

男同士のデートといっても具体的にどうすればいいんだろう。

改めて考えるとなかなか答えが浮かんでこなくて、今さらながら伊吹は困ってしまった。

握手するのもガシッと抱きあうのも、体育の授業中ではよくあることだから特にどうということはない。去年の秋の修学旅行でホテルの大浴場に一緒に入ったが、あまり裸をじろじろ見るのは行儀が悪いと思ったたし、普通にしていた記憶がある。

自然にしていればいいのだろうかと伊吹は思った。寝る前にベッドの中から「おやすみ」のラインを交換しあうだけでも十分幸せだ。

何となく納得しかけたとき、隣でトヨがぽつんと呟いた。

「キスとか」

「え」

「伊吹が嫌じゃなかったら、いつしようか」

前を見つめたまま真面目な横顔でトヨは言った。

「そういうの、決めることかな」

「いや、だって、決めたら目標ができるし」

「目標……」

わからないことが二つになって伊吹が戸惑っていると、トヨはようやくこっちに視線を向けてきた。

「伊吹の誕生日、九月だしな」

「トヨは十月だから、まだ半年以上あるな」

「バレンタインデーは終わったばっかりだし。あのときしておけばよかった」

「……うん」

トヨが残念そうにため息をつく。学校で互いにチョコレートを渡しあって、部屋に帰って今も一人で大事に食べている。

「……近いところではひな祭りとか？」

「あんまりキスと関係ないよな？」

キスと、のところだけ小声でトヨが言う。「うん」と答えて伊吹は提案を続けた。

「修了式の日とか」

「それも関係ないな」

「ホワイトデーとか？」

「バレンタインデーをあっさり過ごしちゃったから、なんだか違う気がしないか？」

「……まあ」

トヨからもらったチョコレートを食べるのは一日最大一個と決めていて、箱にまだ半分ぐらい残している。この上クッキーかキャンディをもらっても、大事なおやつが増えるだけだ。

「来週、うちの父さんの誕生日なんだけど」

「伊吹のお父さんの？」

「うん」

「おめでとう。でも関係ないな」

「そうだな……」

考えてみるけれど、近場でキスにふさわしい日がなかなか思いつかない。

ふたりで黙って考えながら歩いていると駅についてしまった。

こういうのってどうやって決めるんだろう。

考えながら駅の階段を上る。イメージ的には誕生日とか、クリスマス、バレンタインデー、キスの日というのもあったような気がする。……だが何月何日かすぐには思い出せない。

伊吹は手に持ったままのポケットティッシュから飴を取りだし、パッケージを破って赤い飴を口の中に入れた。イチゴの味かと思っていたらなんだか別の味がする。甘酸っぱいがイチゴ独特の刺さるような酸味ではない。香りは何となく覚えがあるが、イチゴでもリンゴでもなく、プラムや桃でもない。

「トヨの飴、何味？」

トヨはまだ飴を開けていなかったからパッケージになんと書いているか見てほしかった。

「飴、赤かっただろ？　イチゴの味じゃないのか？」

手のひらに出した伊吹の飴の色を見ていたらしいトヨが言う。

「うん。赤かったけど、イチゴじゃないみたいだ」

からんと飴を歯に当てながら吟味するが、すくなくともイチゴの味ではない。

破った飴の袋を確認しようとしたとき、トヨが言った。

「ちょっと、ロッカー、いい？」

「うん」

階段を上りきったすぐ左側の狭い通路にコインロッカーがある。朝、ここを通ったときトヨは何も預けなかったのにと思いながら、トヨについて左に曲がると、トヨは通路の奥側に自分をやって、本の入った書店の紙袋を顔の横に翳した。

何だろうと思ったとき、不意にトヨの目蓋が間近に見えた。唇に温かいものが触れ、唇の間にやわらかいものが滑りこんで、すぐに離れてゆく。

「……ごめん、ほんとはずっとしたかった」

トヨの言葉を聞いたあと、ようやくそれがキスだと伊吹は思った。

「用事はそれだけ。行こう」

と言ってトヨは改札に向かって歩き出した。

「ちょっと。待てよ、トヨ」

照れているのか、トヨは振り返らずどんどん歩いてゆく。

「トヨ」

「ドロップ、桜味だよ」

そうではなくて。そうではなくて。泣いてしまいそうなのを堪えて奥歯を噛むと言葉が出ない。

夕方の駅は混んでいる。

そっと後ろに回されたトヨの手に伊吹が触れると、ぎゅっと握り返された。手を繋いで、改札前の人混みを歩きながら、伊吹は途方に暮れた声で訴えた。

「――手帳に○（マル）するしかなくなったじゃないか……！」

こんな、何でもない早春の日に、キスをするなんて。

END

七色ドロップス

伊吹の部屋は、小さい頃からずっとここだ。

六畳の洋間。ベッドと机とクロゼット。本棚には小さい頃から宝物にしている恐竜の図鑑が立っている。

伊吹は、ベッドに仰向けに倒れていた。うわずりそうな呼吸を抑えるように、両手で口元を覆い、目を閉じる。

トヨとキスしてしまった。

何の覚悟もなく、何の特別感もなく、消しゴムの貸し借りをするくらい簡単に、キスをしてしまった。

——もっと、ちゃんとしたかった。

あのあと、トヨに訴えた。

ちゃんといちばんいい場所と時間を決めて、今からキスするんだな、って思いながらトヨの顔を眺めて、記憶によく残すために頭を真っ白にして、その上で手を繋ぐとか、好きと言い合うとか、少しだけ儀式めいた感じがほしかったのに、あんなに簡単にキスをしてしまうなんて。

——じゃあ、たとえばどういう感じ？

トヨに尋ねられたけれど、伊吹は答えられなかった。

たとえば春、トヨのことだけを考えながら、甘いキスがしたい。そう思えばトヨのしたことはまったく伊吹の希望に沿っていた。思い出に、桜味のやさしい甘さが舌先に残った。これも伊吹には思いつかない出来事になった。

つまり、これでよかったのだ。全部。

そう思うとまたトヨの柔らかい唇の感触と、微かな桜の香りが吐息の間に蘇って頬が熱くなってくる。

トヨと付き合っている。今日、キスもしてしまった。

幸せで幸運だと思う。出会いも、受験のことも、今も、思い出せばぜんぶが奇跡みたいだ。じわじわと幸せが実感として湧き上がってくるが、それに纏わり付く過去を思い出すと、苦々しい気持ちが混じってくる。

出会ったときの自分は、トヨと洋平を間違っていた。

違和感があるとは思っていたのだ。今考えれば明らかすぎるが、そのときは思い込んでいてわからなかった。

——どう考えたってあれはトヨだったのに、洋平と勘違いするなんて馬鹿すぎる——。

あの声。落ち着いた、でもはっきりとした喋りかたと、冷静に事故が起こった瞬間から順を追って喋ってゆく賢さ。

いちばんはじめは声を好きになったのだと思う。そしてハンカチを握らせてくれ、背中を撫で続けてくれた優しさ。「大丈夫だ」「がんばれ」と声をかけながら、迷わずずっと付き添ってくれた誠実さ。

自分がトヨの立場だったらああできただろうか。他に大人がいるからといって、救急車が来たからといって、受験を優先して誰かに任せてしまいはしないか。

あのとき——あんなときだったのに、自分はその人を好きになった。

定期券という動かぬ証拠から、それが洋平だと信じて疑わなかったが、違和感はすぐに覚えた。それでも信じ続けた。だって定期券には洋平の名前がはっきり書いてあったから。

——洋平だって、尊敬に値するスゴイヤツだったんだけど。

言い訳のように思ってしまうが、それはそれで事実だ。でもトヨとは違う。

事故の瞬間は覚えていない。

気がついたら雪の上に倒れていて、いちばん初めに思ったことは受験会場に行かなきゃ、だった。

なぜか、身体(からだ)があちこち痛かった。

歩けなかったらどうしよう、と思ったが、タクシーを呼べばきっとなんとかなると思っていた。

昨夜から雪で、もしも電車が止まったり、途中でトラブルがあったらタクシーで行きなさいと財布に多めのお金を持たされていた。

鞄(かばん)がないことに気づいた。そのときになんとなく、これは夢だと思った。最近こんな夢ばかり見ていた。受験会場に着く前に迷子になる夢。助けを求めて誰かに電話をかけようとしても、スマホのバッテリーが切れてしまったり、道行く人が全員バスに乗って去ってしまったりと、受験の不安から嫌な夢ばかりが続き、眠れない夜を過ごしていた。これもその一つだと思っていた。だってどうしても鞄が見つからない。立ち上がれない。身体が痛い。

夢だとわかっているのに、現実に戻る方法がわからなくなってくる。

痛い、怖い。……寒い。

ぼんやりした世界を見渡すと、足下の雪が赤いのに気がついた。ぽつぽつと周りに赤い金魚のような染みが泳いでいて、下半身のほうは赤いインクを零したように雪が染まっている。

足を怪我しているのだろうか。

そう認識したとき、急に足が痛み始めた。押し潰されるような痛みはあっという間に強くなって、鉄の何かでギリギリ挟まれているかのように、際限なく骨を潰そうとするような強烈な痛みになった。

悲鳴を上げたかもしれない。上げなかったかもしれない。心臓が潰れそうな不安に藻掻いたとき、誰かに身体を揺すられた。

「――大丈夫ですか！」

男の人の声だった。手に触れてくる手が温かい。

彼は自分に呼びかけながら、すぐに助けが来るからと言って、身体をさすってくれた。

顔をハンカチで拭ってくれて、手に握らせてくれる。襟元に巻いてくれたマフラーが、きれいな紺色だったこともなぜだかはっきり覚えていた。

その人は自分よりも体格がよさそうで、サラリーマンかと思ったが、上着のボタンが金属だったから、学生服なのかと、ぼんやりと思った。

救急車の音がして、別の人の声で何かを問われた。

何を答えたかは覚えていない。ただ、だんだんと粉々に潰されていく意識の中で、彼の声が聞こえ、手を握って励ましてくれるのはわかっていて、伊吹が自分は大丈夫かもしれないと思った根拠があるならば、それしかなかった。

澄んだ声の、きれいな発音の、その人が大丈夫だと言うなら、きっとそうだと思った。

気がついたら、女性看護師が側に立っていた。点滴の様子を見ている。寒い。

「……今、何時ですか？」

風邪を引いたときのような掠れた声しか出なかった。

「僕……、行かないといけないところがあって……」

こんなところにいる場合ではない。時間をロスしてしまったようだが、二時間近く時間に余裕を持って出たはずだ。もしかして、タクシーで行けばまだ間に合うかもしれない。

「今から手術です。ご両親、来てますからね」

やっぱりこれも夢だろうか。風邪で手術なんかするわけがない。なんとかして目を覚まさなければ本当に遅刻してしまう。

困りながら、起き上がろうとしたが、身体に鉛が詰まっているように重たくてどうしても起き上がれない。そうしているうちに白い夢の中に母が入ってきた。起こしに来てくれたのだと、伊吹はほっとした。

「おかあ……さん……」

「大丈夫。もう大丈夫。痛いところはない？　お父さんももうすぐ来るからね？」

手を握ってくる母は泣いている。それを見たときふと、これは現実なのだと伊吹はわかってしまった。

この真っ白い、どの夢よりも夢じみた空間も、見知らぬ看護師も、手術とか、点滴とか、普段およそ縁がないこの景色は、現実なのだ。

「ここは……どこ？」

「病院よ。事故に遭ったの」

「……試験……、間に、合わないいん、だね」

自分はたぶん、車に撥ねられた。それが原因でこれから手術を受けるらしい。試験はもう——駄目なのだ。

塾も、夜中の勉強も、母がつくってくれた夜食も、塾の壮行会も、単語帳も、暗記するほど聞いた英語アプリも、プリントも書き取りも、全部、全部、無駄になったのか——。

「あの、人……は、どう……なったの？」

自分を助けてくれた人。

行くはずの場所に、無事に行けたかな。遅刻して怒られなかったかな。

「もういいから、伊吹。おとなしくして」

静かに流れた涙を母が拭ってくれた。伊吹が覚えているのはこのあたりまでだ。

目が覚めたら薄暗い部屋にいた。

いろんな機械に繋がれていて、緑色の光が規則的に点滅していた。夕方、二人部屋に移される前に医師から話があった。

骨折は左足首と肋骨（ろっこつ）と脛（すね）で、バッキリ折れた脛は金属を骨に入れて固定して、骨が繋がるまで外側にも機械をつけて引っ張っていないといけないのだそうだ。

脛の骨折は治療が難しく、入院は少なくとも二、三ヶ月に及ぶだろうと言われた。事故の瞬間のように、今度は頭を潰されるような気がした。

他のときならいい。だが高校受験シーズンに二ヶ月も入院というのは人生を駄目にしたも同然だった。

入試は絶望的だ。第一志望校とか滑り止めとか以前に、高校に行けないかもしれない。ということは大学も無理だ。

入試に落ちて、志望校に行けなくなるかもしれないことは夢にうなされるくらい考えた。

このあと二つの滑り止めの、一番下位ランクにしか行けなかったら大学受験が厳しくなるなと不安に思った。だがどこの高校にも行けなくなるなんて想像したこともない――。
カーテンに囲まれたベッドの上で伊吹は泣いた。泣き声は上げなかったけれど、涙が溢れて止まらなかった。タオルが濡れるくらい泣いた。泣いたせいか手術の影響かわからないが熱を出した。

せっかく塾を変えたのに、合宿まで行ったのに、何で俺がこんな目に――。

夕方になったらさらに熱が高くなって、麻酔から痛み止めに切り替えられた脚が、ズキズキして辛かった。ギプスの中がぬるぬるして気持ち悪い。つま先が痛いくらい冷たい。

今までしてきた勉強がぜんぶ駄目になったんだろうか。俺の人生って何だったんだろう。単語アプリを繰りながら過ごした満員の、通学電車のことを思いだした。あんな一瞬のことで駄目になっちゃうことだったんだろうか――。

自分の悪いところを思いだして納得しようとしたけれど、挑みもせずに高校生活を失ったのだ。諦められるわけなどない。

――明日から、どうしたらいいんだろう。

食事も喉を通らないまま、その日を過ごし、翌日、警察官が訪ねてきた。

警察は、若い優しそうな人で「事故のことを話せそうですか？」と尋ねたあと、信号はどうだったかとか、どこに立っていたか覚えているかとか、簡単なことを訊いた。そして、バッグの中から大きなビニール袋を取りだした。

「現場の地面に散らばっていた品物です。自分のものかどうか、確認してください」

湿った鞄、画面が割れたスマートフォン。泥の汚れが付いた水色のマフラー。

「……僕のです」

答えたあと、見覚えがないものがあった。ロックバンドのステッカーが貼られた定期入れだ。

「これは、違います」

「そうですか。名前にも覚えがないですか？」

「……ほたる……はら……、洋平、……さん？」

「車道のまん中あたりに落ちていました。歩道から覗いたくらいでは落ちる場所ではないので、もしかして高丘さんが持っていたものかと思ったんですが」

「いいえ。違います。……あ」

ふと思い当たった。

「僕を助けてくれた人は、なんていう人ですか？　若い、男の人。救急車を呼んでくれた人」

「お名前はわかりませんね。消防に記録があるかもしれませんが」

「その人かもしれません」

定期券をよく見ると名前が印字されている。「ホトハラヨウヘイ：15サイ」――《蛍原洋平》

助けてくれた、彼の名前だ。

同級生――？

「じゃあ、定期券のほうは交番から駅に問い合わせますね。他の品物は高丘さんのですか」

「はい。あの」

「はい？」

「蛍原洋平さんに、会うことはできますか？　お礼が言いたいんです」

「僕からはなんとも。駅に伝えておきます」

「お願いします」

用件はそれだけで、警察官はお大事に、と言い残して去っていった。

それと入れ替わるようにして、看護師が側に戻ってくる。

「これ、お返しするのを忘れていたんですが、高丘さんがうちに到着したとき、手に握っていたものです」

どうぞ、と差し出された小さな袋に入っていたのは赤い珠だ。

「これは僕のじゃないです」

「そうなんですか？　ずっと高丘さんが握りしめていたので、てっきり高丘さんのだと思っていました」

どこで握ってきたのだろう、と、思いながら「違う」と言おうとしたとき、ふっと目蓋の裏に記憶がよぎった。

目の前に垂れ下がっていた赤いケーブル。どんどん潰れてゆくような足が痛くて、イヤホンのケーブルごと必死で彼の服を摑んだ。

「じゃあ、こちらで処分しておきますね」

「あ、あの、心当たりがあるので、僕が預かってもいいですか？」

「どうぞ」

たぶん、彼のイヤホンのイヤーピースだ。

いつか、彼に返したい。《蛍原洋平》さん。

探し出して、お礼を言うのだ。

ありがとうございます、と。そしてあなたは無事でしたか？　と――。


――という状況だったから、誤解するなというほうが無理だ。

だがこのイヤーピースのおかげで、伊吹は真実を摑んだ。

これがトヨのものだとトヨは認めたのだ。

返すと言ったが《断線したみたいであのあと買い直した》と言われた。

――今度弁償する。

イヤーピースを奪ったどころか、断線させてしまった。弁償は当然だし、うちの両親だって迷わずお礼を上乗せして弁償するだろう。

そう言ったが、トヨは興味がないようだ。

――今の、壊れそうな気配はないし、それ、長く使ってたヤツだったから伊吹が引っ張らなくても時間の問題だったと思う。

不要になったイヤーピースは伊吹がもらうことになった。

そんなもの持っててどうするんだ？　とトヨは訊いたけれど、伊吹には大事な思い出の品だ。

（たとえ洋平と勘違いしていたとしても）あのあとの厳しいリハビリを耐える力をくれたし、まったく視界になかった公立高校を受けるため、気を取り直す力もくれた。

おかげで、同じくその高校を受けざるを得なかったトヨと再会できた。蛍原洋平という新しい友達もできた。

両親と、改めて謝罪にも行った。トヨも彼の両親も、事故に遭った伊吹に付き添ったのはトヨ自身の判断で、そうした息子を誇りに思っているから謝らないでほしいと言った。だがトヨの人生設計を大きく狂わせてしまったのは事実だ。心からのお礼を伝えた。本当に一生恩に着ると頭を下げた。

それでも会えてよかったと思ってしまうのは、あまりにも自分勝手だろうか。

一生かけて、彼にそれを取り戻すくらいの何かを差し出したいと、伊吹は願っている。

イヤーピースを握りしめた両手を、額に押し当てて伊吹は祈るように目を閉じた。

——だから見守ってほしい。

伊吹は祈る。ずっと大事にしようと思っている。雪の日の、出会いとともに。

だからといって、急に何かができるわけではない自分の力がじれったい。

学校からの帰り際、トヨが職員室に用事があるというので、一昨日買った雑誌の続きを読んで待つことにした。

《資本ゼロから始める起業》という特集のビジネス雑誌だ。

最近大学生が起業する事例が増えているという。自分が起業すれば、トヨの就職先は安泰ではないか。

とか急に考え始めても、ぱっと何かがひらめくわけでもなく、とにかく仕組みだけでも把握しようと思っているが、なかなか実感として摑めない。

そうこうしているうちにトヨが廊下の向こうからこちらに手を振った。用事が終わったらしい。

「お待たせ。何読んでたの？」

「雑誌。ビジネス系」

「へえ。伊吹、経済学部行きたいって言ってたもんな」

トヨは、人間工学に進んでみたいそうだ。人の関節とか、二足歩行のバランス、それにかかわるインテリアや椅子などに興味があるらしい。

「で、考えてくれた？　デート先」

付き合い始めたので、それらしい何かをしようとトヨと最近よく話をしている。

巨大テーマパークは遠い。絶叫系マシンが豊富な遊園地なら手軽だが、残念なことに伊吹もトヨも、労力と時間を消費してまで怖い目に遭いたくないという意見で一致している。

「思いつかない。俺が行きたいところって、本屋とか、雑貨屋とか、いつも行ってるところだし」

「馬、見に行く？」

「トヨは馬好きなの？」

「いや、そうでもない。行けそうなところに馬がいるって敬太郎が言ってたから」

「うーん……」

首を捻ったものの、考えている候補が一つだけある。

「うち、泊まりに来る？」

「伊吹の家に？」

「恋人と言えば、お泊まりかなって」

「や――ちょっと待って。急すぎて、俺、お父さんになんて挨拶をすればいいかわからないよ、まだ就職も決まってないのに」

「いや、いきなりそういう感じじゃなくて」

嫁にくださいとでも言いに来るつもりか。

「そうじゃなくて、夜ごはん、いっしょに食べて、いっしょに宿題とかして、寝るまで話したり、テレビ、いっしょに見たりしない？」

「……いいのか？」

「うん。普通の家だけど。それでよければ」

「あっ、うん。じゃあ、お邪魔する。俺んちでもいいよ。洋平よく泊まりに来るし」

「ずるい」

「ごめん。でもアイツは幼なじみで、小さいときから親に預けあいっことかされてたし。家、すぐ近いし。洋平んちのおばさんが怒ると、うちに逃げ込んでくるし」

「わかってる」

洋平のお泊まりと、自分のお泊まりでは意味が違う。

「じゃあ、本当に来る？」

「伊吹がいいなら」

「決定。金曜の夜か、土曜の夜だよね」

「――えっ？　旅行？」

「そうよ。月末の土曜日、お母さん、旅行。先週言ったよね？」

キッチンで配膳をしている母が伊吹にそう言った。

「お花の教室の生徒さんたちでバス旅行なの。父さんもちょうど出張中だから行ってくるって、先週のお花教室から帰ったあとに言ったじゃない」

「そうだったっけ？　覚えてなかった。じゃあ、トヨが来るのは別の日がいい？」

「別にいいよ？　豊樹（とよき）くんが来てくれるならいっしょに留守番してくれる？　なんかごはん作っとく。カレーとかでいいかな。駅前のお惣菜（そうざい）屋さんに行ってもいいし」

「あ……うん」

母親に、緊張しながらトヨが泊まりに来ると伝えたら、あっさりＯＫというか、なんだか留守番の人材として受け入れられたというか。

そうか母にとって、恋人じゃなくて、同級生が泊まりに来るって、この程度のことか。

カレーがいいと母にリクエストをして「惣菜屋でとんかつ買っていい？」と訊く。了承されたうえに「サラダも買ってきたら？」とおまけがついた。

部屋に戻って、ラインでトヨにそれを知らせた。

既読のまましばらく返事が返ってこなかったが、《お邪魔します。よろしくお願いいたします》と律儀な返事が返ってきた。

修学旅行の前よりドキドキした。休み時間にはトヨと、土曜日何する？　とつい話題にしてしまう。木曜日になっても金曜日になっても具体的な案は出ず、とうとう土曜日の朝を迎える。

ずっと時計を見ている。

母は早朝慌ただしく出かけていって、土曜のテレビはずっと、タウン情報を流している。十時に来る約束だ。頻繁にラインを確認するが連絡はなし。電車の遅れも確かめるが、外は天気がよく運行状況は良好のようだ。

もう一度スマホの画面を見る。九時五九分。もうそろそろだ。郵便物を見る振りで、外に出て待っていようかと思いながら画面を消す直前、画面のデジタル時計が十時に切り替わったのを見た。

同時にチャイムが鳴る。

玄関に行くと、ドアの向こうに立っていたのはトヨだった。

「スゴイ、ぴったり」

「ぴったりに押した」

「待ってたの？」

「五分前から」

「チャイム鳴らせばいいのに」

そういうところがトヨだと思いながら、どうぞと中に案内する。

トヨは、何度かうちに遊びに来たことがあって、部屋にも上がったことがある。だが、彼氏として来るのは初めてだ。

「適当に座って。どうぞ」

トヨと話しやすいように、折りたたみテーブルを出した。座布団は向かいに置いた。隣に置く勇気がなかった。

「お邪魔します」

そう言って座るトヨもぎこちない。

「……何する？」

「何しよう。いつも伊吹は、土曜日、何してる？」

「部屋を片付けたり、……トヨのこと考えてるかな」

「そ……そっか。俺もだいたい、そんな感じ」

「勉強でも、する？　何か食べる？」

「いや、家出る前、食べてきた」

「じゃあ……宿題でも。プリント多かったし」

「うん……」

トヨは鞄から宿題を出して、自分は机から参考書とか辞書を出して、プリントを広げたところで（……塾か）と心の中で自分に突っ込んでみるが、具体的に「じゃああれやろう」という案がないので宿題をするしかない。

トヨが言った。

「午後から、港の公園でやってるスイートカーニバル行ってみる？」

「朝、テレビでやってたね。行ってみる？」

広場にテントがいっぱい立っていて、そこでクレープやタピオカ、流行りのチーズケーキなどのおやつ類を販売しているイベントだ。旗で飾られた画面の中で、結構盛況だとテレビ番組でレポーターが言っていた。

「うん。そうしよう。今から行く？」

「まだ人が多いと思う。洋平なら並びたがるかもしれないけど、トヨは？」

「いや、そこまでして食べたいわけじゃないかな。まだおなかも空いてないし、あとにする？」

「うん……」

元に戻ってしまって、仕方なくペンケースを開ける。

トヨたちのクラスは宿題がとても多い。だいたい毎日プリント宿題が出るし、週末はきっちり三日分出るから計画的にやらないと日曜の夜が大変だ。

「トヨ、数学からやるの？」

「ああ。伊吹は化学？　後で見せあいっこしよう」

「間違ったらバレるね」

「そうだな。でもそんなにうるさく言わないと思う」

呼び出されても「いっしょに勉強しました」と言えばいいだけの話だ。付き合っているだなんて、教師は想像もしないだろう。

中継で食べていたフルーツがいっぱい入った生クリームサンドが美味しそうだった。チョコレートのかかったシュークリームも気にかかる。イベントの食べ物はお祭り価格で高いから手加減なしで食べると高額になる。かなり吟味しなければならない。どれを食べようか――。

「あの、隣、行っていい？」

トヨに呼びかけられて「いいよ」と答える。

トヨは右側に座布団をずらしてそこに座った。プリントが見えやすい。

今のところ数学は、解法パターンに当てはめていく方式だ。計算は当然できるものとして、この問題を解くのにどの解法が適しているかを見つけられるかどうかだ。とりあえず高校数学の範囲で、これができればセンター試験で足切りを食らわずに済むとは聞いているけれど

――。

ふと、手を重ねられているのに気づいてトヨを見た。

トヨは静かに伊吹の手を握り、肩を引き寄せようとする。どうしたんだろうと尋ねようとしてトヨの気持ちに気づいた。

テーブルの角ごしにキスをした。唇が離れたと思ったら、もう一度。

「トヨ」

「……抱きしめていい？」

「いいよ。俺もいい？」

「うん」

伊吹はトヨにそっとしがみついた。トヨが抱き返してくる。

服ごしに温かさが伝わって、トヨの身体の感触が重なるのが心地いい。誘われるようなため息が零れる。

ただの抱擁だ。なのに心臓がめちゃくちゃバクバクしている。

キスをして、髪を撫でて、テーブルの脚が邪魔になったので、テーブルから離れて、壁のところでもう一度抱き合った。

背中に回っている腕に、だんだん力が込められた。恐る恐る伊吹も静かにトヨの背中の服を摑んだ。

トヨのにおいがする。うちとは違う柔軟剤の香りの隙間から、少し甘いような、乾いたトヨのにおいがした。

身体をうまく支えられなくなって、伊吹は右の肩から壁に身体を預けた、目の前に座っているトヨが、何度もキスをしてくる。返事の代わりにトヨの腰のあたりを撫でた。

「伊吹……」

トヨが興奮しているのがわかる。伊吹だって、この、手で触れられる彼をなんとかしたいと思っているが、方法がわからない。

「トヨ……好き」

絞るように訴えるが、トヨは頷くばかりだ。

大好きだ。あの事故のときからずっと、心の中に住み着いていた人だ。顔もわからず、別の人の名前で想っていたけれど、においも、声も、こうしてみるとより鮮やかに、あれは確かにトヨだった。

「トヨ」

名前を呼ぶと、キスしてくれる。

トヨは知らないのだ。自分がどれくらいトヨを好きだったか。骨折の熱も、脚の骨を貫く金属の不快さも、その後のつらいリハビリも、彼ともう一度会いたい。彼が助けてくれた命を大事にしたい、その一心で乗り越えてきた。

はじめは憧れだったかもしれない。それともはじめから恋だったのかもしれない。でも今は《恋》なんかでは言い切れない、悲しくなるほどの衝動がある。

呼吸が速くなってくる。

好きすぎて、泣きたくなる。目の前にトヨがいるのに、何をすればいいかわからない。力一杯トヨの背中の服を摑んだけれど、少しも楽にならない。

肋骨がひび割れそうに心臓が鳴っている。頭に血が上って、下腹が戸惑っている。

また、キスをした。トヨの唇は柔らかく、軽く吸われると頭の芯のほうまでぐっと熱くなって、くらくら目が回る。すすり泣くくらい息を大きく吸って吐く。泣いたほうがましだと思うくらい、熱くて苦しかった。

トヨの呼吸から甘いにおいがして恋しさで泣きそうだ。胸と胸の隙間で暖めている空気の温度が上がってくる。

トヨも辛そうだ。息を弾ませ、見たこともないくらい、苦しげな顔だった。

髪に手を伸ばした。痛くないくらいの強さで、短い襟足を摑む。

「トヨ、好き……」

「うん」

「ほんとに好き……！」

どうやったら伝えられるのだろうと思ったときふと、呼吸が苦しい気がした。

「あ」

酸素が薄い。吸っても吸っても苦しくなるばかりで、吐こうとしてもうまくできなくて、咳で押し出す。

「伊吹？」

「苦し……」

次に息を吸ったとき、吐けなくなった。いや吐いているのに吐いた気がしない。苦しくて息を吸う。胸が破れそうになって吐くが少しも楽にならない。喉に蓋をされたようになって、咳をした。合間に息を吸ったら、毒ガスのように急に苦しい。

「伊吹⁉」

続けて咳が出た。必死で吸ったら喉がひゅうっと音を立てて、まずいと思った。

「伊吹！　どうしたんだ！」

「わかんな……っ、い！　苦、……し……ッ！　……⁉」

「うそ、救急車呼ぶ⁉　持病があるの⁉」

「な、い」

トヨに背中をさすられ、ゲホゲホ咳き込みながら床に倒れる。

「伊吹！」

「……トヨが、好きで、死にそう」

「ちょ――待って……！　救急車呼ぶかどうかの相談電話、あったよな⁉」

ひいひい息を吸いながら苦しむ自分の横で、トヨが何かを検索している。

「あの、もしもし！　急病人のことで問い合わせしたいんですが！」

トヨが喋っている間にも吹雪のように意識が霞んでくる。指先から肩に向けて、両手がどんどん硬く痺れてくる。

思わずトヨに手を伸ばすと、トヨがすぐに握り止めてくれるが、トヨの手の温かさに自分の手が真冬のように冷たくなっていることに気づいた。気づいたトヨが息を呑む。それが伊吹に危険を知らせてパニックになりそうだ。

「高校生なんですが、急に息ができなくなったんです！　はい、何も食べていません。自宅で、勉強をしていて――」

自分の手を強く握りしめるトヨの手が震えている。

もしもこのまま、トヨが好きすぎて死んだとき、自分の死因は恋になるのだろうか――。

電流が流れているように、ピリピリと白くなる脳で、ぼんやりと考えていたら、不意に口元にタオルが押しつけられた。

「どこも痛くないか？　アレルギーじゃなかったら、過呼吸かもしれないからタオルを口に当てて息をしてみろって。できるだけ喋って」

「……」

過呼吸という単語に聞き覚えがあった。

塾で女の子が急に苦しそうに倒れたとき、確かそう言っていたと思う。

相変わらずこういうときのトヨってかっこいいな、とか、他人事のように考えながらタオルに顔を埋めて呼吸をする。

はあはあふうふう、タオルに熱い呼気が吸われていく。

「苦し……！」

「大丈夫？　話せる？　どこも痛くないか？」

「うん。……大丈夫。痛いところは……ない」

「水は飲むか？」

「……いらない。ここに、いて」

タオルの隙間からぽつぽつ会話を交わしていたら、ほんの数分で急に楽になってきた。

「だいじょうぶ……みたい……」

床にぐったり身体を投げて伊吹は呟いた。トヨが心底困った顔をしている。

「びっくりさせないでよ、伊吹」

「ごめん……」

「でも俺もやばかった。大好きだ、伊吹」

囁いて、汗に濡れた額から掻き上げるように髪を撫でてくれるのに口元にタオルを当てたまま頷くしかない。

「……うん」

「気分悪くなったら言って。背負ってでも病院連れていくから」

「うん、ありがと……」

溢れてきた涙を、そのままタオルに埋めた。

本当に恥ずかしいと思う。

トヨが好きすぎて過呼吸なんて。

タオルを口に当てたまま床に倒れている。救急を問い合わせる電話では、アレルギーでなく過呼吸ならば、息を止めてみたり、会話を増やして吸い込む酸素の量を減らして安静にすれば数分で落ち着くはずだと言われたそうだ。

そのとおり、だいぶん楽になった。手足の付け根で縛られたように、痺れて急に冷たくなった手足も暖かくなってきたし、スポンジを握るように全身から噴き出す冷や汗も止まった。トヨの声が遠く、気を失いそうになる恐怖も去って、部屋の景色にだんだん現実感が戻ってくる。

「具合どう？　水、いる？　適当に汲んできていい？　何か薬飲んでみる？　頭痛薬とか、ビタミン剤とか、効きそうなのがあれば」

「いい。もう大丈夫。自分で行く……」

そろそろと口元からタオルを離して伊吹は応えた。提案された常備薬はたぶん、どれも効かない。

「びっくりさせてごめん」

「いや、何事もなくてよかった。もう今日は外出、やめような」

「大丈夫」

「またにしよう？　食べたいものがあるなら、俺が買ってくるよ」

宥められて、伊吹は首を振った。トヨと食べたらおいしいだろうと思っただけで、腹が減ったわけでも珍しいスイーツが食べたいわけでもない。

「いい。トヨといたいだけ」

「そっか。俺もそんな感じ」

困った声でトヨがそう言って、まだ湿っている伊吹の髪を撫でてくれた。

「俺、倒れとくから勉強してていいよ」

「いいよ伊吹についとく」

「もうちょっと静かにしてたい」

トヨには悪いが反省の時間がほしい。

トヨが好きすぎて、興奮しすぎて倒れてしまうなんて、トヨに申し訳ないし、せっかくのデート計画も台無しだ。

「そうなのか？」

トヨは首をかしげて考えたあと、テーブルを自分たちのほうへ引き寄せた。

「もうちょっとこっち来て、伊吹」

トヨはもう一度テーブルに着くと、位置を確かめるようにプリントやノートを広げ、伊吹に左手を伸ばしてきた。

「届く？」

伊吹の手を握りながら勉強をするつもりらしい。

夕方、駅前にサラダを買いに行った。

別になくてもかまわないが、夜、映画を観ることにしていたから、主にジュースとかポテトチップスがほしい。

惣菜屋でパックのサラダを二つ買って、ドラッグストアでお菓子を買う。

棚に並んでいる、カップのポテトスナックに手を伸ばしていたら、手に買い物籠を持ったトヨが言った。

「はじめに何を観る？」

「殺人電車のやつが気になってる。トヨは？」

「鮫がハリケーンで来るやつ」

両方正月の映画館ツアー（トヨと伊吹と洋平で、毎年いっしょに映画館に行く）でボツになった映画だ。それぞれ違う映画を言い合ったが結局、まったく候補にならなかった派手に宣伝されていたハリウッドのアクション映画を観てしまった。

「トヨ、けっこう変な映画が好きだよね？」

「鮫を取り扱ったシリーズはどれもおもしろいと思う。自宅にメガロドンが降ってくるなんて、意味わからなくないか？」

「まあ。それを観たがるトヨもちょっとわかんないっていうか」

「それより伊吹は推理モノ好きだよね」

「半分まで観たら90％くらいは、犯人を当てられる感じ」

「それで俺が見つかったってわけか」

そう言いながらトヨは、キャンディのコーナーで立ち止まってドロップの缶に手を伸ばした。

「名探偵・伊吹。って、一年以上も騙されてた」

「言いにくかったんだ。ごめん」

「映画ならここで、エンディングテーマ流れるね」

そんな雑談をしながら、買い物を終えて自宅に帰る。夕飯はカレーだ。

「たまごあったら、目玉焼きつくっていい？」

「トヨ、作れるの？」

「目玉焼きと、スクランブルエッグはつくれる」

「スクランブルエッグは、目玉焼きが失敗したときの対応策？」

「正解。後からバターと砂糖を入れてかき混ぜればなんとかなる」

吉と出るか凶と出るか、どっちでもいいな、と思いつつ、カレー鍋を混ぜながらトヨの手許を見守っていたが、無事、たまごの調理は目玉焼きの段階で終了した。

食事をしながら学校の話をしたり、卒業旅行の話をした。

春頃には洋平と三人でどこかに泊まりがけの旅行に行こうと言っていたのだが、洋平に彼女ができた。女の子だから「じゃあいっしょに」というわけにもいかない。彼女に旅行が許されれば洋平は彼女と行くだろうし、許されなければはじめの予定通り三人で旅行に行こうということになった。

候補は鉄道博物館か、彫刻の森美術館、洋平はカップラーメンのミュージアムに行きたいと言っていた。その周辺の宿。ホテルじゃなくて温泉みたいなところがいいな、という話まで固まっている。

先にトヨを風呂に入れて、自分も入った。

配信の映画は、ハリウッドの、火星に取り残される映画を観た。

「半年も芋しか食べられなかったら、宇宙服脱ぎ捨てて、叫んで走り出すかも。トヨは耐えられるタイプ？」

「一人でいるのはいいとして、ご飯がアレじゃ……な」

結局孤独より先に、食事で限界が来るという結論を出して、映画を観終わった。

「まだ宿題する？」

トヨに尋ねられたがもう十一時を回っている。

「もう寝よっか。いまからしたって何問も解けそうにない」

「そうだな。何か手伝う？」

「客間に布団干したの置いてあるから、持って上がるの手伝って」

母は、トヨが自分と仲良くしてくれるのがすごく嬉しいらしい。

大怪我の後だったし、遅れて高校に入ったから、友人ができるかどうかをとても心配していたようだ。トヨと洋平が初めて家に遊びに来てくれたときは、本当にほっとしていたようで、こんなことなら早めに家に招待すればよかったと後悔した。もちろん今回トヨが泊まりに来るのも大歓迎で、これに寝てもらってと、布団まで干して準備してくれた。

「トヨ、俺のベッドに寝る？」

「二人で寝たら、狭いよね？」

「シングルだから二人は厳しいよ。だから俺のベッドに、トヨが寝る?」

「いや、なんかそういうの……。本人の前で、すべきじゃないだろう?」

「何が?」

尋ねると、トヨは変な顔をして俯いた。

「伊吹のにおいがするとか思いながら……眠れないって、話」

「いや……そんなのは……」

想像のレパートリーの中になかったな、と、思いつつ、もし自分がトヨのベッドに入って寝るとなったら、おかしな気持ちになるだろうというのは簡単に想像がついた。

「じゃあ俺がベッドで。そろそろ寝よう、か」

伊吹は枕元のリモコンを押した。

ぴっと音がして、部屋の中が暗いオレンジ色の光に包まれる。

「……あれは?」

トヨが壁のほうを向いて言った。星形の蛍のように、薄緑色にぼんやり光る点が壁のあちこちについている。

「蛍光のシール。中学校のときに買って貼ったんだ」

なんとなく思いついて貼った、星形に抜かれた百均の蛍光シールだ。

「夏の大三角?」

「あたり。あれがアルタイル。ベガ、デネブ」

「北斗七星じゃないあたりが伊吹らしい」

「ちょうど夏のキャンプで習った星が、あれだったんだ。それでちょっと待って。まだ動くかな」

ベッドの隙間に手を入れる。ボタンはあるが、電池はまだあるだろうか。

「見てて」

伊吹がスイッチを押すと、壁の右下が、ぴこ、っと赤く光った。

「発光ダイオード」

「で作った蠍座のアンタレス」

と言うとトヨが珍しく声を上げて笑った。

「いい！　いいね！　そういうところが好き。あれが作りたくて伊吹、シール貼ったろ？」

「正解」

なぜあんなことをしたかわからないが、みんなが夏の大三角を探して空を指さす傍らで、伊吹は赤く燃えるアンタレスに目を奪われた。

「久しぶりにつけたけど、電池が切れてなくてよかった。今みたいにわざわざアンタレスをつけることはほとんどないけど、蛍光の星は眠くなるまで毎日見てる」

「いいな。うちも貼ってみようかな。手伝ってくれる？」

「もちろん。何の星座を貼る？」

「ここと同じの……ううん、伊吹が好きな夜空がいいな」

そう言って伸ばされるトヨの手を取る。あたたかいのにドキドキしていると、手をたぐり寄せられた。

ベッドに手をついて身を乗り出し、トヨに支えられながらキスをした。

「おやすみ。眠れそうにないけど」

「星見てれば？」

「そうしよう」

「はやく寝たほうの勝ちかな」

「俺は負けでいいよ。伊吹の寝顔が見られる」

「負けない自信はけっこうある」

そう言ってまた、どちらからかわからないままキスをした。

目を閉じて、唇の余韻を感じながら伊吹は呟いた。

「……今日、たくさん、キスしたね」

「もっとしたいと思ってるけど、今日はやめとこう。もう病院も開いてないし」

「もう過呼吸は起こさないよ」

恥ずかしくなって、伊吹はそろそろとベッドに潜った。

「おやすみ、トヨ」

「おやすみ」

「ほんとに最後だからね。おやすみ」

「おやすみってば」

くすくす笑い合って、静かに横たわった。

ベッドから改めて眺める壁に光る星は、あんなに光ってたっけ、と思うくらい、薄緑色の光を星の形にはっきりと光らせている。

しばらく星を眺めて、トヨが静かになったのでそっと話しかけてみた。

「……ねえ、まだ起きてる？」

「……起きてる」

「なんだ」

「それだけ？」

「うん」

なんだかそれがおかしくなって、布団の中で笑い始めたら止まらなくなった。腹筋が痛くなるくらいめちゃくちゃ笑って「もう今度こそ寝る」と言って目をつぶった。

すごい一日だった。

トヨと抱き合って、キスをして、過呼吸まで起こして、真夜中なのに、隣にトヨがいる。

目を閉じていてもなかなか眠りは訪れず、トヨが寝たふりをしているのを眺めながらじっとしていると、トヨが言った。

「まだ起きてる？」

「寝てる」

「そっか……。じゃあいいな。好きだ、伊吹」

胸がきゅっと痛くなって、すぐに返事ができなかった。

代わりにずっと星を見ていた。もう吸収した蛍光灯の粉を放出してしまって、輪郭も見えないくらいひっそり夜に溶ける星を見て、夜明けってこうしてやってくるのかもしれないと、眠気の差した思考が夢のようなことを考えていた。


事故の夢はいつも灰色だ。薄墨が渦巻くような雲も、ビルに染みこんでいるような空も、鳥も、モノクロのフィルターを嚙(か)ませたように色がない。

繰り返し繰り返し見る夢だ。踏まれた雪の灰色、アイスバーンになりかけた車道も、水没しているような横断歩道も、モノクロの写真を見ているように、濃度の違う白黒で塗り分けられた墨絵のように色彩がなく、赤信号の点滅と、手の中のイヤーピースだけが赤い。

ざく、ざく。

靴裏で、シャーベット状の雪を踏む感触も怖いほど鮮明だった。

もうすぐ車が飛び込んでくる。

——ああ、嫌な感じ。

夢の中で伊吹は思った。時系列がぐしゃぐしゃなこの夢は、異変を先に察した身体が伊吹に見せるものだともう知っていた。

あのときと同じだ。

逃げろ。今すぐそこから走って逃げろ。

夢の世界全体が震えて伊吹に警告を発してくるが、伊吹の身体は映画の登場人物を見ているように、まったく自由に動こうとしない。不安定な足下を踏みしめながら、ゆっくりゆっくり交差点に向かって歩いてゆく。このままでは車が突っ込んでくるのがわかっていてもどうにもできない。

逃げなきゃ。

必死に足に力を入れる。

そっちじゃなくて引き返すんだ。足を上げて、せめて後ろへ。

だが引き上げようとした足は折れて血まみれで、つま先が変な方向を向いている。驚いて息を呑んだ瞬間、土踏まずのあたりにピリッと電流のようなものが走った。

「——あ。……って……！」

皮膚の中に走る紐のようなものが縮む。夢ではなく、本物の痛みだ。痛みはぎゅうっと皮膚の中で縮まり伊吹を夢の中から引きずり出す。普段はあることさえ意識しない、手足を繋ぐ筋が、急に浮き出て痙攣（けいれん）する。

「やば……っ……あ」

土踏まずからアキレス腱（けん）、ふくらはぎ。どんどん引っ張られて、足を通る筋が猛烈な痛みを伴って引き攣（つ）れる。

「痛……あ、あ」

急いで足の先を摑みつま先を脛がわに折り曲げるが、筋はどんどん硬く縮んでゆく。操り人形のように脚の付け根まで筋が通ってぎしぎしと軋（きし）む。

「――……っ、た、ぁ……！」

骨折した左足の筋が、脚の付け根まで攣るのだ。事故の後遺症で、疲れたり、歩きすぎたり、気圧が低いだけで、時々夜中にこうして突然足が攣る。今日はたぶん過呼吸のせいだ。明日は雨だと天気予報で見た。そのせいかもしれない。

「痛て……。……ん……ッ……」

脚の中に通っていた針金が、コイルのように縮んでゆく。それを力で伸ばして発作が治まるのを待つ。

繋ぐべき筋は手術で繋いだ。あとは神経の治癒を待つしかなくて、症状が治まるとしても年単位、骨折がひどかったから、一生付き合っていかなければならないかもしれないと言われている。

「……うー……」

伊吹はさらに力を込めて、ぐっと脛がわに引き寄せた。土踏まずの中の筋が切れそうな痛みがあるが、こうしなければ長引くだけだ。

どこをどうすればいいか、整形外科のリハビリで習ってきた。つま先を上げ、ふくらはぎを揉む。腿はふくらはぎが治まれば自然と治まる。がんばれば数分、十分以上続くことはない。

それだけを頼りに、筋を伸ばしていると、背後からトヨが覗き込んでいた。

「脚、攣ったのか」

「う……ん。時々、攣る……んだ、い……て……」

「学校でなったやつ？」

「そ、う」

「最近は大丈夫そうだったのに」

退院した頃は、日中もよく脚が攣っていた。骨折の痛みも残っていたし、今よりひどかったから、時々教室の床に座り込んだこともあったけれど、最近、昼間の痙攣は起こらなくなってきたから、トヨからすれば久しぶりだ。

「ごめん、上に乗るよ？　うつ伏せになって」

れる。
膝を曲げて上に上げた足首をトヨが摑み、つま先をゆっくりと脛のほうに押さえ込んでく

「いてて……！」

「がまんがまん。すぐ楽になるから」

「う……慣れてるね、トヨ」

うまいだけならまだしも、がまんさせる容赦のなさまで、完全に知り尽くした扱いだ。

「中学校のとき陸上部だったから。長距離のヤツがよく攣ってた」

そう言ってトヨはつま先から順番に筋を伸ばしてくれた。折った骨のあたりがいちばん辛くて、そこが治まるとだいぶん楽になる。

「今度上。少しはいい？　ここ、痛い？」

「いて……！　指、入れない、で」

「骨と筋肉の境、マッサージしたほうがいいから。もう痙攣治まった？」

「ん……」

枕に額を擦りつけるようにしてこくこくと頷くと、トヨがふくらはぎに親指を押し込むようにして強く揉んでくれる。

「まだちょっと、筋触るね。痛い？」

「大丈夫」

「いつもこんなになるの？」

「最近は夜だけ。トヨのおかげで早く治まった。……もう大丈夫。ありがとう。過呼吸とい い、今日はこんなのばっかり」

「俺がいる夜でよかったよ。今度は上向いて。腿伸ばそう」

伊吹の身体の上から退いたトヨは、今度は仰向けになった伊吹の左足を持ち上げ、左膝を胸のほうに押し込む。

「ほんと、めちゃめちゃ慣れて、る。痛……」

目を閉じて、ふうふう喘ぎながら、トヨのストレッチを受ける。

腿の裏の筋を伸ばしてもらっているあいだにも、脚全体の引きつりがどんどん消えてゆく。トヨに脚を任せて、暗い部屋に喘いでいるとみるみるうちに楽になっていった。

「こんなに……上手なら、学校のときもトヨに伸ばしてもらえばよかった」

結構苦労して脚を伸ばした。みんなに取り囲まれ、「大丈夫か」と覗き込まれるのに、大丈夫と汗を搔きながら応えつつ、実際必死だったところを考えると、こんな風にトヨにさっさと伸ばしてもらえばよかった。

だがトヨは渋い顔だ。

「やめたほうがいいと思う」

「ごめん、そうだよね。厚かましかった。もうそんなにしょっちゅうならないし」

「そうじゃなくて、何かこういう伊吹の顔ヤバいっていうか。伊吹、どんな顔してエッチなことするんだろうとか、考えちゃって」

「えっ――……?」

思わず目元の手を退けてトヨを見ると、トヨは口元を押さえて顔を背けている。

「ごめん。本当にごめん。伊吹はこんなに痛いのに。本当を言うと、過呼吸のときもちょっと」

「い、いや、いい。いやびっくりしたけど、その、そういうの、嫌じゃないっていうか――……」

暗くても顔が赤いのがわかった。目が潤んでいるのもわかる。

言われてみればこういうアングルでトヨを見上げるのは初めてだ。

もし――もし、トヨとセックスをすることになったら、こういう角度で見ることになるのだろうか。

「下から見上げるトヨ、かっこいいね」

「ごめん、もう駄目。今褒めないで」

「そうなの? でもいつも見えるトヨと違うから、かっこい……」

「2、3、5、7、11、13、17、19、23、29、31、37、41、43、47、53、59、61、67、71!」

「素数……!?」

「素数でも数えてないと、パンツの中がやばくって！」

トヨはそう言うと、伊吹のふくらはぎをすばやく揉んで、伊吹の身体の上から下りた。

「ちょっと離れよう。俺が何かしそうになったら殴って」

「何かしていいよ。何するの？」

トヨの背中に問いかける。

トヨは、背中を向けたまま考え込んで、とうとう頭を抱えてしまった。

「わかんない……けど、えと……あの……、パ、パンツの中を、見せていただけませんでしょうか」

「内容物なら、見たよね？　修学旅行のとき。お風呂で」

「個人的な意味で」

風呂にはいっしょに入ったが、凝視しないのはマナーだ。その頃はとっくに意識していて、なるべく見ないように努めながら入った記憶がある。

伊吹は足が痛まないのを確かめながら、そろそろとベッドの上に起き上がった。

「い……いいよ。あとでトヨのも見せてよ？」

「僕のでいいなら」

「言葉遣いがおかしくなってる」

トヨが振り返る。そっとキスをされるのを、目を閉じて受け止めた。

伊吹の下腹に伸ばされたトヨの指先が戸惑っていたから、パジャマの上着を自分でめくった。

トヨが、伊吹の表情をうかがいながら、ウエストのゴムに手をかける。

「緊張してる」

「さっきまでかっこよかったのに。——見ても笑わないで」

「気になるところがあるの？」

「特にないけど、人と比べたことがないから、どのくらいが普通かわからなくて」

「みんなそうだろ。俺だって……何が普通か、わからないし」

抑えた吐息を何度もついて、トヨが下着の中を覗く様子を眺めている。

「おかしくない……？」

「おかしくない。いいと思う」

「あの」

とっさに声が漏れた。

「——ト——トヨのも、見たいんだけど」

「今？」

「うん。見られるだけって、居ごこちが悪くって」

「面白くないとは……思うけど」

トヨは困った顔で自分のパジャマのゴムに指をかけた。

静かに引き開けられる下着の中からトヨのにおいがする。暗くて見えないが――柔らかいのが気配でわかる。

「見えない」

「見なくていいよ」

「見たい」

最近視力が落ちてきて、メガネの心配が高まってきた。もっと見えたらいいのにと思うが、たぶんそれも違うのだろう。

「触る？」

「……いいの？」

「伊吹のに、触っていいなら」

条件を出されてさすがに戸惑ったが、いいよ、と答えた。風呂には入ったし、トヨになら触られてもいい。

覚悟をしてトヨの手が伸びてくるのを待っていたら、不意にパジャマの上から撫でられて息を呑んだ。

「少し、硬い……？」

「……トヨが、触るから」

布の上からやさしく撫でられるだけで腰がズキズキする。お返しとばかりにトヨのパジャマの上から撫で返すと、伊吹の手の中で、柔らかい膨らみが急に硬くなった。

「ごめん」

困ったような顔で照れるトヨがかわいいと思ったら、伊吹の下半身も強く疼(うず)いた。

トヨが驚いたように自分を見る。それが恥ずかしくて、かあっと頭に血が上るのを感じていると、顔をしかめたトヨも、同じか、それ以上に赤く、熱くなった。

「触るね。……びっくりしないで」

トヨが囁いて、伊吹のパジャマの中にそっと手を入れてくる。

下着を掻き分けられる感触。

「あ」

トヨの手のひらは熱く、焼け付くようだ。なのにそのままそっとさすられると、さわさわと柔らかい静電気のようなものを纏っていてとても心地いい。

伊吹もトヨのズボンの中に手を入れてみた。毛並みのような陰毛を辿(たど)って、硬いトヨの茎に触れる。

やばい、と、トヨが漏らした。心から同意した。自分の手で触れるのとは違う、興奮を伴った感覚を伊吹にもたらした。ギクシャクした心許(こころもと)ない刺激が心構えを許さない。

自然にキスをした。半分ズボンをおろされて、そのまま二人でベッドに座り込んだ。

舌を吸われて驚いた。同じようにすると舌を絡められて、思わず逃げようとしたら頬を包まれた。

苦しいくらい興奮した性器をしごき合い、抱き合うと幸福と興奮でこのまま溶けてしまいそうになるが、この先どうしていいかがわからない。

「ん……！」

トヨが欲しい。

あまりにも思い詰めると本当にまた過呼吸を起こしそうだったから、歯を食いしばった。押し出されるように涙が下目蓋に溜まるのがわかる。我慢していたのに瞬きをすると雫の形に切り零された。

「何で泣くの、伊吹？」

「苦しい」

この熱の行き場がない。高まるばかりでおかしくなりそうだ。

「俺もだよ。伊吹が好きで、どうにかなりそうだ」

そんな言葉をキスで塞いだ。

舌をなめ合い、唇を吸い合う。苦しくなったらトヨの性器を育てることに熱中した。トヨもそうだ。

確かめるように、愛おしむように、蜜を滲ませはじめた伊吹の性器をじれったいくらいの優しさで擦ってくる。

「何か……言ってよ、トヨ」

衣擦れの音と、皮膚をこする音が、恥ずかしいくらい鼓膜に響く。腰にはじんじん痺れるような、あたたかい快楽が溜まっていって、先端に触れられたらおかしな声が漏れそうだ。

「いや、もうなんかやばい」

深刻に相談されて困った瞬間、強く抱きしめられた。

「トヨ――……」

息が止まりそうなくらい抱きしめられたあと、同じくらいの強さでキスをされた。

長いキスを、息を弾ませて静かに解く。

「ちゃんと考えような、伊吹」

この先の行為だ。

「大切にしよう。大切にする」

「うん」

「抱きしめて寝ていい？」

「いいよ」

伊吹は自分から両手を伸ばしてトヨをベッドに引き倒した。

楽な体勢で、熱したトヨの雄に触れる。

さっきまでの遠慮とか戸惑いは消えていて、笑いながら互いの熱に触れた。トヨが上になったり、伊吹が上になったり、じゃれあいながら互いの身体に触れた。時々短く甘い声が漏れると、トヨが堪えるように伊吹を摑んでくる。「やめて」と笑って、伊吹もトヨを触り返した。

「あ——いく、かも」

トヨに擦られた熱くなった実が、弾けると訴えてくる。

「うん、いいよ。俺も」

ときどきぶるっと震えるトヨの腰が、快楽を堪えているのがわかる。

目を閉じて、トヨがくれる快楽に素直に喘いで、その瞬間を待っていたとき、トヨが腹までめくれ上がっていた、伊吹のパジャマの上着を喉元まで押し上げた。

胸元にキスをされたあと、トヨの口は、伊吹の乳首に寄せられる。

「舐め……る、の?」

「嫌?」

「わかんない……くすぐったい」

少しゾクゾクする感じはするけれど、握られている下半身の刺激が強くて、奇妙な感じしかしない。

でもトヨのあたたかく柔らかい舌が、硬くなった乳首の上を通るたび、腰のあたりが震えるのがわかった。ぴちぴちと舐める水音がとてもいけないことをしている気分にさせる。

「もう、……出る」

「うん。いつか、ちゃんとしような」

真面目な声で、トヨが言った。

「トヨとならいいよ。あ――……」

答えた瞬間、不意に波が湧き上がってきて、堪えることもせず、伊吹はトヨの手に粘液を吐き出した。脈打っている性器を粘液ごと扱かれて、「ああ」と濡れた声が出た。それにつられたように、トヨが伊吹の手のひらを濡らす。

「あ――……」

どくどくと脈打つ茎を、最後まで二人で扱き合って、ほっと息をついたとき、トヨが身体の上に倒れ込んできた。

「伊吹」

静かに抱きしめられて、伊吹も息を弾ませながら強く抱き返した。

「よかった」

トヨと、こんな夜が過ごせてよかった。

少しだけびっくりしたけれど、たぶん、恋人同士はみんな、こんな夜を越えて、本当の恋人になってゆくのだ。

落ち着いてから、順番に手を洗いに行った。

使ったティッシュは全部、ポテトチップスの空き袋に詰めて力の限りにぎゅうっと絞って丸めた。

始末を終えて、ベッドに座ると布団の上にあぐらを掻いているトヨが深刻な声で言った。

「敗因を、俺なりに考えてみた」

「負けたのかな」

「勝ったとは言えないと思う」

満足したが、もう少し先があるのは明確だ。そこにたどり着けなかったわけをトヨは考えたらしい。

「確かに。で、敗因は？」

「知識量の不足だと思う。伊吹のパソコン、借りていい？　たぶんハウツーとか、あるはず」

「パソコンは……アダルトサイトは駄目かも。でもタブレットなら大丈夫じゃないかな」

「タブレットなら俺も持ってるけど、伊吹の家(ここ)からアクセスしていい？」

「大丈夫だと思う」

特殊なサイトはウイルスソフトが弾いてくれる設定になっているし、《少々見ても大丈夫》

と洋平は言っていた。

《男同士》《セックス》などという単語を入れて検索ボタンを押す。

動画のタブを選択し、サムネイルの画面でそれらしいのを選ぶ。

「再生するよ?」

「どうぞ」

そう答えて、伊吹はトヨの肩越しに覗いていた画面から目を逸らした。

何かの音楽が聞こえ、静かになる。

しばらくすると、トヨが息を呑むのがわかった。

音量を限界まで下げたタブレットからは、男の喘ぎ声がしている。

「……マジで。……マジか。——……マジかよ」

トヨが呟くのを、少しだけいたたまれない気持ちで聞く。目を閉じているとトヨが不安そうに訊いてきた。

「もしかして、伊吹、見たことある?」

「……ない、と、思う」

と、とりあえずは言っておく。たまたま、トヨとどうすればいいのかと考えたとき、たまたま見た動画で、たまたま少し見てしまったけれど、この動画ではなかった。

「そっか……。急には無理みたいだ。また、考えよう」

「う、うん。もう、遅いし、そうしよう」

時計を見ると午前三時に近い。

伊吹は普段からあまり夜更かしはしない。寝不足になると眠たいだけじゃなくて、頭痛がしたり気分が悪くなったりと、体調が悪くなるからだ。こんな時間まで勉強したのも高校受験直前のほんの数回だけだった。

「電気消すね」

暗くなった部屋に、伊吹はほっとしながらベッドに横たわった。盛りだくさんすぎの一日で、幸せでまだ信じられなくて、そしてくたくただった。


翌朝、トーストと目玉焼きを二人でつくって食べる食卓で、真面目な顔でトヨが言った。

「気になるけど、一旦離れようと思う」

「なにが?」

「昨日の、こと。もうちょっと落ち着いて調べるまで、いつも考えてたら頭がパンパンになりそうなんだ」

「うん。それがいいと思う」

伊吹も本当を言うと、動画はほんの少し見ただけで、実践できるほどの知識はなかった。

確か何かジェルのようなものがいるらしきことを言っていた気がするが、それがどこで売っているのかとか、どのくらい使うのかとか、詳しくはよく知らない。

† † †

昼休みの終わりはだらだらしている。

昼ご飯も終わったし、昼休みも終わるし、終業が目の前をちらちらしていて、満腹で眠くなるし、部屋が暖かくて脳がぼんやりしてくる。半分気分は放課後だ。

あれからトヨとは時々キスをする。

どこから誰が見ているかわからず、最近防犯カメラも多いから、必ずどちらかの部屋でしかしないが、さみしさが溜まりきる頃にはなぜかいいタイミングがあって、今のところ上手(うま)くいっている。

伊吹が手を洗って教室に戻ってくると、「ねえ高丘」と呼び止められた。

派手めの女子二人と、それぞれと付き合っているという噂の男子が二人だ。

「四谷南(よつやみなみ)高校の広本遥香(ひろもとはるか)って知ってる？　中学校のとき、付き合ってたって、ほんと？」

「なんでそんな話が出るの？」

「広本遙香が言ってるんだって。うちの高校の高丘伊吹と付き合ってるって」

「そんなことない。昔、少し親しくしてたことあるけど」

もう一人の女子が身を乗り出してくる。

「塾で広本さんに時々会うけど、あの人スゴイよね。かわいいし、頭いいし、性格いいし。お嬢様、って感じ。家にお手伝いさんいるって言ってた」

「らしいね」

「高丘とお似合いだと思うな」

「広本に失礼だよ」

身に覚えがないわけではない。

中学校二年生のバレンタインに、広本からチョコレートをもらって、それをきっかけによく話していたのは確かだ。

とはいえ、映画を観に行ったり、買い物に行ったり、放課後図書館でいっしょに勉強したくらいで、付き合っていたかと言われると困る。しかしそれが第三者からどう見えるかと考えると誤解されてもしかたがないか。

「やっぱりそうなんだ？」

「違うよ。仲がよかっただけ。クラス違うし、入院する前から二人で話してない」

夏休みの塾の合宿に誘われたのを断った。それ以来、お互いに忙しくて、伊吹が塾を変えた頃からほとんど話もしなかったと思う。事故で入院中、一度も見舞いに来なかったし、事故のせいで卒業式に出ていない。本当にそれっきりだ。

「元カノなの？」

「いや、付き合ってない」

「じゃあ広本さんが嘘ついてるってこと？」

「それも、少し違うと思う」

「まさか、高丘、悪い男なんじゃゃ……」

「そういうんじゃないって。中学校の頃、少し話とかしてたから周りから誤解されてもしかたがないけど、付き合ってたんじゃない」

「でも広本さん、塾で今も高丘と付き合ってるって、言ってるって」

「もう三年近く会ってないし、それでも付き合ってるって言うなら、広本に電話ちょうだいって伝えて。誤解を解くから」

「えー。広本さん、やばーい……」

怪訝（けげん）な女子のつぶやきを聞きながら伊吹は自分の席に向かった。

こういう言い方が正しかったかどうか、伊吹にはわからない。だが真実だし、彼女と何の約束をした覚えもない。今も有効な特別な関係もない。

彼女を傷つけることになるだろうか？　でももう三年前の話だ。

なぜ今頃、広本がそんなことを言ったのか伊吹にもわからない。伊吹は告白された側で、彼女を好きだったかどうか、もう思い出せない。告白の返事も「考えたことがないからわからない。誰かと付き合う気分じゃない」と応えたはずだ。だがそれをきっかけに話すことになったのは事実で、かわいいとは思っていたし、話しやすかったし、勉強が得意で努力家な、尊敬するべき好ましい人だと思っていた。

あの頃の自分に「それは恋だ」と誰かが言えば「そういうものか」と思ったかもしれない。でも、今ならあれは親しみや親愛の範囲を超えないと伊吹は応える。

少なくともトヨを想うときの、真実以外の贅肉をそぎ落としたくなるほど、彼の心が欲しくなるような飢餓感はない。

聡明だった彼女がなぜ、そんなことを言ったのかわからないが、彼女から自分に連絡は取れるはずだ。彼女は冗談か何かだったつもりの可能性が高い。

「ねえ、高丘。彼女いたの？」

前の席に座っていた女子が、振り返って身を乗り出してきた。

「いない。仲がよかった子とのこと、勘違いされただけみたい」

噂はどこまで広がっているのだろう。

いちいち面倒くさいが、きちんと話しておかなければさらに広がりそうだ。

「ふうん。高丘、モテそうだけどな。そういえば何か飴持ってない？」

「ドロップなら」

「あ、それでいい、ちょうだい？」

「薄荷しかないけどいい？」

「なんだー。じゃあいらない。ねえ、井上、何か、飴持ってない？　持ってたら一個ちょうだい」

くるりと背を向けて前の席の人の背中を叩く。

薄荷は悩むほどにも欲しくないらしい。

それを見て、薄荷がどうして《別れる》という占い結果になったのか、なんとなく伊吹はわかった気がする。

フルーツの味がしないせいか、色がないせいか、少し古くさい風味の、辛い感じが嫌なのか。とにかく他のフレーバーに比べて人気がないのはわかる。

誰もが拒む、色味のないもの。

気の毒に思うが、伊吹も好んで食べたいとは思わない。

トヨが泊まりに来た日に買った缶のドロップスの残りだ。缶の中を覗きつつ、薄荷が出そうになったらもう一度缶を振って別の色を出す。そうしているうちに、缶の中が薄荷だけになってしまった。

ドロップスの占いはもう信じないことにしたが（当たる気はするが、だとしたら対処は簡単で、薄荷を出さなければいいし、そもそも《占い》と定義をつけてドロップを出さなければいい）、とはいえ彼氏がいる身で薄荷が出たらやはり気分が悪く、誰かそんな自分を笑い飛ばして薄荷味を始末してくれないかと思いながら、もう三日くらい持ち歩いている。

捨てたい気がするが、食べられるものを捨てるのは生理的に嫌だった。運動部の誰かに渡しておけば勢いで食べるんじゃないかとか、考えつつ、放課後渡してみようと思いながら五限目を終えた。

「きりーつ、――礼」

授業が終わると、ざわっと教室がざわめく。

次は移動教室だ。トヨといっしょに三階の教室に下りなければならない。

トヨもこちらの様子をうかがっていて、伊吹は急いで教科書類を抱えて、彼の待つ出入り口のほうへと向かった。

廊下を二人で並んで歩く。

「連休の旅行のこと、考えた？」

「まだ」

日帰りか、あるいは安い民宿のようなところがあれば一泊しようかと話をしている。

「決まらなかったら、またうちに、泊まりに来る？」

昼間、どこかに遊びに出かけて、伊吹の部屋に泊まる。

眠ったらどこでも同じなのだから、その直前までトヨと話せたら旅行と大して変わりはないのではないか。

「たぶん、母たち、夏にまた旅行に行くと思うし」

毎年のことだ。両親は結婚記念日あたりに国内旅行に行く。小さい頃は伊吹も付いていったのだが、ここ四、五年は留守番している。だからできるなら、それまでに、この間の続きを何かで調べなければ——。

「いや……。そういうの、ちょっと待とうかと思って」

横顔を向けたまま、トヨは淡々と答えた。

「そういうのって?」

「こないだのこと」

トヨの声が一段小さくなった。

「ん?」

「泊まりに行ったときのこと、とりあえず忘れたほうがいいんじゃないかと思って」

「どういうこと? 何を言ってるか、わからないんだけど。とりあえず、ってどういう意味?」

階段に右左とつま先を入れながら、トヨは聞き取りにくいくらい小さな声で言った。

「俺はいいんだけど、その、伊吹が女子のことを好きになったとき、なんか、悪いかな、って思って」

「え……？」

一瞬、トヨの言葉が理解できないと思ったくらい、意外な言葉だった。

トヨは目を伏せ気味にして続ける。

「いや、別に今すぐあれこれとかじゃないんだけど、伊吹、誰か彼女いたとか、聞いたし」

「馬鹿みたい。聞いてたの？　あいつらが噂するのはいいけど、それをトヨが信じるのって、どうだろう？」

「それは……そうだけど」

「本当にそうだったら、はじめにトヨに言う。向こうが誤解してたら断りに行くし、そもそもそんな感じじゃない。って、なんか嫌なこと考えたら、はじめにちゃんと俺に訊いて？」

「わかったよ」

根拠がないとは言わないが、推測が95％の噂話だ。

「その子の名前、広本っていうんだ。同じ中学校だった。確かによく話してたけど、それだけ」

「バレンタインに告白されたって聞いた」

「誰に？」

「広本さんの友だち」

そんなことまで知っているとなると、本人にかなり近い人間だ。

誰だろう――。そんなことを考えていてふと思い当たったことがある。

「まさか……、噂の原因はトヨ？」

「違う。職員室のところで先生を待ってたら、そういうこと言ってたヤツがいて、俺はたまたまそこにいただけ」

「でも彼女じゃなかった。それでいい？」

「伊吹が言うなら」

「言われなくても、トヨが否定してくれたらよかったのに。今伊吹と付き合ってるのは俺だって。そこまでなったら俺だって腹をくくるから」

「そういうの、簡単だけど……難しいよ」

煮え切らない返事だが、しかたがないとは思う。同性を好きだという世間体の悪さ、畏れ。人前で言えと言ったのは勢いだが、そうなったらなったで伊吹には腹をくくる覚悟がある。それよりどうして、勇気を出して告白して、トヨと付き合っている自分を信じてくれなかったのかが悔しいのだ。誰に疑われてもいい、トヨに、一瞬だけでも噂のほうを信じられたことに傷つく。

「……信じてよ、トヨ。トヨに告白したとき、すごくすごく、勇気が要ったんだ」

過去の勘違いを疑って、間違いを認めて、もし、トヨが《あの人》でなくてもトヨが好きだと言おうと決めて、告白に踏み切った。

それなのに、そんな三年も前の噂話のほうを信じるなんて、本当にひどいと思う。


あれから、今それ以上話したら泣いてしまいそうで、そのまま席について授業を受けた。

六限目の、ぼんやりとした曇り空の日は気分が重く、なんとなく頭痛もする。

窓際の席で、灰色の日差しに炙(あぶ)られながら伊吹は長い五十分を物思いにふけって過ごした。

本気でトヨに疑われているのではないと思う。トヨは馬鹿みたいな《万が一》を心配しているだけだ。

普段からすごく慎重だし、自分に納得がいくまで絶対にうんと言わないタイプだし、呆(あき)れるほど我慢強い。だから、事故のことを二年も隠していたのだ。

自分の説明で、トヨも納得してくれたはずだし、きっと自分のように、この時間のうちに気分を切り替えて元に戻ってくれる。それが駄目なら下校中にもう少し説明を加えようと思いながら終礼を迎えたが、やはりトヨは浮かない表情をしている。

ホームルームが終わり、みんなが鞄を持って立ち上がる。

教室を出ようとしているトヨに付いていって、いつものようにいっしょに帰ろうとしたが、トヨが立ち止まる気配がない。

――やっぱりまだなんか考えてる。

彼が望むなら何でも説明してやろうと腹をくくって、トヨのそばまで早足で歩く。トヨはチラリとこちらを見たが、あまり目も合わせようとしない。

「いっしょに帰ろう？」

「今日はやめたほうがいいかも」

「なんで？」

「ああいうことがあったばかりだし」

ああやっぱり、と思うと同時に腹が立った。

「――……じゃあ、いつならいいの？」

「伊吹」

トヨの煮え切らない態度が悔しくなって、伊吹は彼のヘッドホンのケーブルに手を伸ばした。誤解は解いたはずだ。あとは自分を好きか嫌いか、それだけの話だ。それなのに、時間をおいてどうなるというのか。放っておけば何かが変わるというのか。

事故の日のように彼の黒いイヤホンケーブルを引っ張って、伊吹はトヨの胸を摑んだ。

「俺はトヨが好きだ。トヨが俺を好きじゃないなら、そう言ってよ！」

「伊吹、人が見てる」

「それが何か⁉」

トヨは噛みつく伊吹に困ったような顔をして応えた。

「……好きだよ。好きじゃないと、こんなに考えたりしない」

「じゃあなんで⁉」

「頭でわかってても、気持がついていけないってときがあるだろう？」

「広本のこと？」

「そう。本人がそう言ってるって。中学校のときの写真も見たよ。伊吹、笑ってた」

「誰かと笑って写真に写るくらいあるよね⁉　手でも繋いでた⁉」

「ううん。でもお似合いだな、って思って。かなり、頭がいいって話を聞いた。四谷南に行ったんだろう？」

自分とトヨが行くつもりだった高校だ。でもだから何だというのだろう。

「あんな噂が立つのは、彼女がまだ、伊吹を好きなのかもしれないからだ。彼女はまだ本当に伊吹と付き合ってるつもりなのかも？」

「信じてなかったのか」

「信じてるよ。でも、もし伊吹がそれを知ったら、伊吹はどうするんだろうと思って」

「どうすると思う⁉」

目の前にあるトヨの手をぱっと払って伊吹はトヨを睨(にら)んだ。

「そんなことがわかって、俺が何かすると思う？　トヨのこと好きじゃなくなるって思ってる⁉」

「そうじゃない。ちょっとだけ、時間がほしいだけなんだ」

「ひどいと思う。もし、広本が俺を好きで、それで何かが変わるの？　そもそも俺を洋平に譲っちゃうようなトヨだから、ほんとは俺のこと、大事じゃなかったの？　広本が俺と付き合いたいって言ったら、譲れるくらいだったの？」

「そうじゃない」

「同じことだよ。事故のことだって、俺がもし――本当を探せなかったらトヨはずっと黙ってる気だったんだろう⁉」

「それは――……」

うまくやり過ごそうとした過去の傷から急に血が吹き出す。終わったことだ。トヨが自分に罪悪感を抱かせないよう黙ってくれていたこともわかっている。でも、そのせいで自分は洋平を好きだと勘違いしてしまって、トヨはそれを知っていたのに黙っていた。

「俺のほうがトヨを好きだ。いつも……、初めから」

自分でそう言うとなんだか泣けてきた。自分だけがトヨを好きな気がする。自分がトヨを好きだから、トヨが自分を好きでいてくれるだけで、自分にもし本当に気になる女の子がいたりしたら、トヨは「そうなんだ」とか軽い一言を残して伊吹の側を去りそうだ。

それが悔しい。自分の好きな気持ちを、本の栞(しおり)くらいの感覚で使ったり忘れたりする。

「伊吹」

トヨが伸ばしてくる手を、伊吹は強く振り払った。

「伊吹！」

名前を呼ばれるのも聞きたくなくて、鞄で払おうとしたとき、鞄のポケットに刺さっているものに気がついた。

引き抜いて、トヨの腹のあたりに投げつける。

「わ――!?」

がしゃっと、音がしてドロップ缶がトヨの下腹に当たり、そのまま地面に落ちた。

「トヨの馬鹿！」

涙が堪（こら）えられなくて、そう叫んで走り出した。

中は伊吹が嫌いな薄荷ばかりなのを思い出した。

占いは本当だったのだろうか。自分があんなものを持ち歩いていたから、こんな今更馬鹿みたいな噂が立ったのだろうか。

誰かに食べてもらえばよかった。誰も要らないというなら捨ててしまえばよかった――。

小走りで校門を出ようとしたとき、不意に腹に腕がかけられた。

「ちょ――、ちょ、待って！　伊吹！」

「洋平……」

「なんか向こうから、普通じゃない感じで歩いてくるのが見えたから、——って、どしたの⁉」

洋平が驚くのも無理もない。涙が止まらない。

人目のあるところでこんなに泣いた記憶もない。大丈夫だと言いたくても、いろいろなものが胸から溢れて駄目だった。こんなことを聞かせられる相手が洋平しかいないのも拍車をかけた。

「トヨが、俺に将来彼女ができたときのために、トヨのこと、好きじゃなくなってもいいって言った。女の子が俺のことを好きならそっちに行けば、って……！」

要約だが、伊吹に刺さった棘の形はそんなものだ。おためごかしが見え見えのやさしい口調で、女の子と付き合えるならそっちにしろと言われたのも同然だった。

「——……ちょっと殴ってくるわ。ごめんな、伊吹。俺がトヨの育て方を間違えた」

「やめて。殴るときは俺が殴る」

洋平にトヨを殴らせたら、トヨの卑怯さと同じだ。

自分と向き合ってほしい。隙間に何も挟まらないくらい、真っ正面からトヨのことを教えてほしいのに、トヨは自分ではなく、無責任な他人の言うことに耳を傾ける。

洋平に横から抱えられた姿勢のまま、伊吹はその場にしゃがみこんだ。

「伊吹」

「男同士だし、トヨの言いたいことわかる。でも、俺にそういうこと、言うかな……！」

怒りじゃない。悲しさだった。トヨが好きだという気持ちも、身体も、弱い部分も、こんなにたくさん見せたのに、トヨは自分を信じられないという。

「……伊吹」

「ごめん、大丈夫。どこかで休んで帰る」

「ここにいるよ。宮本(みやもと)まだ、部活だから。壁のほう、行こう？　ここ、暑い」

洋平に腕を引かれながら、校舎の影に入るとほっとした。

背中を壁に預けてしゃがみ込む。

涙をタオル地のハンカチで押さえ込んでいると、洋平が手に何かを握らせてくれた。個包装の、のど飴だ。時季外れな、漢方薬の味がする容赦のない深緑色ののど飴だった。

「食え」と勧められて、口に入れると、泣いた喉を否応なく潤そうとする強引で正当な味がする。

「もしかしてさ、伊吹の元カノがどうこうとかいう噂？」

「洋平も知ってるの？」

「女子、そういう話好きだもん。まあ、お前に限って、そんなことは絶対ないなって知ってたから無視してたけど、なにそれ、トヨってば、信じたの？」

「信じたかどうかはわかんないけど、それが原因で変なこと考えてる」

答えるとまた涙が溢れた。怒りのボルテージが下がると、悲しさが膨らんでくる。

洋平は腕を組んで、ふうん、と唸(うな)った。

「……やっぱ、ちょっと、トヨと話すわ。俺のダチが伊吹をこんなに泣かせてるってのががまんできない」

「いいって。言わないでよ」

握りしめたタオルハンカチに、伊吹は涙声を押しつけた。

「こんなにトヨのことが好きだなんて知られたら悔しいんだ」


そのあとトヨとは会わず、駅に向かった。

まっすぐ家に帰ったが、母が帰宅している時間だ。「ただいま」と言って、すぐに部屋に入った。

落ち着いた場所で、少し泣いた。

どうしたらいいんだろう。

ベッドの上に倒れて考えたが、思考は溶けたアイスクリームみたいにゆるゆると白く渦巻くばかりで、何も生み出さない。

言い訳しなければならないことはない。説得することもない。トヨの気持ちをあれこれ推測したって腹立たしいばかりだ。

夕食もあまり進まなかった。

頭が痛い、と母に言い訳をしたら、「熱中症かも。頭冷やしてみる？」といって冷蔵庫からジェルの枕を取ってくれた。

それを抱えておとなしく二階に上がる。

幸い宿題は少なめで、飛ばし飛ばし書いたプリントの一番下に「頭痛がするので、やり直しのときにがんばります」と書いた。この方法は時々なら許される。伊吹は普段真面目に宿題をやるほうだから認められるだろう。頻繁に《風邪で寝込んでいた》と書いた洋平は、いきなり教師から自宅に真偽を確かめる電話があったと聞いた。

風呂に入って、部屋に戻ったがもう何もする気になれなかった。ゲームも読みかけの小説も触る気になれず、部屋の灯(あか)りを消して冷たい枕に頰を預ける。

力のないため息が零れた。感情の波が去って、身体全体が灰みたいだ。

このまま眠ってしまいたい。でもきっと悲しい夢を見るのだろう。そう思ったときなんとなく、壁の星に目が行った。

今まで何年もそこにあったからもう、意識すらしなくなっていた、ほのかに光る蛍光のシールが、涙に浸された眼球にしみる。

トヨと見た星だ。

あのときは確かに、トヨの信頼を100%もらえていた気がしていた。ずっと何年も話していられるような気がした。いつか二人で部屋を借りるようになったら、そこの壁にも星を貼ろうと約束していたのに、そんな些細なことで気持ちの根底から揺らいでしまうのだろうか——。

止まっていた涙がぐっとこみ上げる。

もう泣きたくなくてきつく目を閉じ、星に背を向けたときだ、スマートフォンが鳴り始めた。目に痛いほど白い画面に浮かぶ名前は——トヨだ。

迷ったが応じた。胃が痛くなるくらいつらいが、彼がはっきり別れを口にして頭を下げるまで、自分のほうから別れる気はない。

通話ボタンをスライドし、黙っているとトヨが喋る。

——昼間はごめん。今、部屋？

「うん」

——話したいんだけど。

「どうぞ」

——もう寝てるの？

「なんで？」

——部屋に電気がついてないから。

「……え？」

——今、玄関前。少し外で話せるかな。

「……いいけど、ちょっと待って。一回電話切る」

ベッドのヘッドボードのライトをつけて、部屋着に着替えてポケットにスマートフォンを突っ込む。カーディガンを摑む。

階段を下りて、廊下の途中でリビングに声をかけた。

「ちょっとだけ外出る。トヨが、外に来てて」

「上がってもらえば？」

母の声が答える。

「いい。学校のことで、ちょっと」

玄関で、サンダルに足を突っ込んでドアを開けた。

門の向こうに黒い人影が見える。

背の高い人影は、顔がはっきり見えないうちから呼びかけてきた。

「こんな時間にごめん。どうしても、会いたくて」

「……」

文句の一つ、言ってやろうと思っていたが、顔を見たら怒りがしぼんでしまった。

伊吹は門まで行ってトヨと向き合った。

「いいよ。話したいことって、なに？」

トヨは真面目な男だ。もし昼間の続きを、順序立てて丁寧に語って自分を説得しようとするなら、そのときこそ本当に殴ろうと思っていた。

「主に、俺と伊吹のこと」

伊吹は門の段差を下りた。「広本のこと」と言われたら玄関に戻るつもりだったがそうではないようだ。

「バス停のほう、行く？」

家の近くに小さなバス停がある。この時間、バスは来ないし、椅子もある。

「うん」

街灯が照らす夜の道をトヨと歩いた。

アスファルトに含まれる何らかの石が、キラキラときらめいている。夜じゃないと気がつかない光だ。壁の星のように——。

通りに出ればすぐにバス停があった。通学には乗り換えが絶妙に悪い場所で、これが直通だったらと何度嘆いただろう。

伊吹が先に椅子に座る。

キューブ型のチョコレートみたいな木の椅子だ。

トヨは隣に座らず、伊吹の前に立った。

「……昼間はごめん。色々考えてた。でも、考えてることぜんぜん話さなかったのは悪かったと思ってる」

「俺がまだ広本を好きかもとかいう推測なら聞きたくないよ」

自分を疑うトヨの妄想など聞かせられても、少しも嬉しくない。

「結局、トヨは普通に戻りたいってことだろ？　チャンスが来たからそっちに行ったらどうだって、やさしいふりをして」

つい言葉がきつくなってしまう。

トヨは本当にやさしい。本当に広本に譲る気だったのかもしれないし、元々嫌になり始めていたのを広本のことにかこつけて、それを原因に、いちばん穏便に、伊吹のほうから別れを切り出せるよう、配慮してくれたのかもしれない。

きっかけはたぶん、わかっている。トヨが泊まりに来てくれた夜以来だ。

男同士のセックスの動画は、本当言うと自分にもかなり衝撃的だった。自分はトヨとならいいと思ったが、トヨが同じ風に考えられるとは思わない。

「えと、今更なんだけど、伊吹が女の子と付き合えることわかって、びっくりしたんだ」

「何言ってるか、わかんない」

「俺が好きとか嫌いじゃなくて、もし、俺が地球上に存在しなくて伊吹が俺のいない世界で暮らしてたら、伊吹は女の子を好きになってたんじゃないかな、って。それに俺たちは——

伊吹は始まりがおかしいんだ。結果が何にせよ、きっかけは事故で、洋平を——俺だったんだけど——を好きだっていう気持ちだって、恋愛じゃなくて恩義かもしれない」

「トヨ……」

「伊吹の錯覚を俺の都合のいいように操って、ずっと伊吹を俺に縛りつけるのってひどくないか？　って思って。伊吹は、もっとよく考えたほうがいいんじゃないかと思ったんだ」

「トヨはどうなんだよ」

「俺は」

と言うトヨがぐっと手を握りしめるのが見えた。

「俺は、自分で決めたことだからいい。でも俺の欲しいものばかり選んでたら伊吹を巻き込む。——それでも、ごめん、伊吹が好きなんだ。だから謝りに来た」

きっぱりとトヨは言った。

「伊吹の意見を聞かなくてごめん。でも広本さんとのこと、検討した上で、それでも俺を選んでくれるって言うなら俺を好きでいてくれないか。幸せにする。——幸せにするって言っても、真面目に会社に行くとか、いっぱい相談するとか、休みの日に仲良くするとかしか、今は思いつけないけど、一生」

「トヨ」

「怒ってもいいし、嫌ってもいい。やっぱり広本さんのが好きだって言ったら、それでもいい。でもそれでも俺を選んでいいと思ってくれたらそうしてほしい。それが駄目でも、俺がずっと伊吹を好きなのを覚えててほしいんだ」

トヨの言葉を聞いている途中で胸の中がぐちゃぐちゃになってくる。嬉しいのか、怒りなのか、悲しいのか。わからないのに涙だけが溢れてくる。

「だから、いぶ……」

「巻き込むなんて言うなよ！」

トヨの声がきっかけのように感情が弾けた。

「そっちのが裏切りだろ⁉　自分一人で恋したみたいな、偉そうなことといって、俺の気持ちはどうなるんだよ！」

「悪かった。悪かったよ、伊吹」

「ふざけんな、来るなよ！」

伸ばされる手を振り払ってコンビニのほうに歩く。こんなに泣いていては、家に帰れない。

「伊吹」

「俺の気持ちを信じてなかったってことだろ⁉」

「信じてたよ。でもよく考えるべきことだろ⁉　お父さんとお母さんに何て言うか、恋人が彼氏なんて、合コンとか結婚とか……！」

あまりに理不尽で、伊吹は鋭くトヨを振り返った。

「そのたびにふたりで困ればいいじゃん。そのとき一人だったら、苦しいだろ？」

「ごめん」

「それなのに、トヨは俺を一人にしようとした。一人で乗り越えてお前を好きでいろって言った！」

「言ってない」

「同じことだろ！」

「……ごめん」

トヨはそう呟いて、伊吹の手を取り、先に歩き始めた。

コンビニの光が目の前だ。

目映い店内の正面に行かず、ガラスの向こうにコピー機が見えるあたりで立ち止まった。

トヨは、伊吹を逃がすまいとするように両手首を両手で握りしめながら呻いた。

溢れる涙を拭きたくて、手を引こうとしたけど、トヨは握った手を離さない。

「ごめん。俺でいいかな。大事にするから俺でいいかな」

つま先の間、アスファルトに、ぽとぽとと涙が落ちる。

はなをすすりながら伊吹は答えた。

「いいから、肉まんとチキンと、ポテチと、アイスおごって。そのあとアイスラテとロールケーキ、チーズケーキも」

「……今は千円ぐらいしか持ってない」

「嘘……、トヨがいればいい」

困った顔のトヨが見たかった。自分をこんなに心配させて不安にさせて、その仕返しがしたかった。

「トヨが俺のこと嫌いになっても俺はずっとトヨを好きでいようと思った。だって……はじめは片想いだった」

そう言うとまた涙が溢れてくる。

あの雪の日に始まった片想いが実ると思っていなかった。だからこんなに大切にしてきたのに、トヨが妙な遠慮ばかりするから怒っただけだ。

コンビニでアイスラテを買ってもらって、バス停まで戻った。

伊吹は一度泣くと、目元や鼻の先が赤くなって、なかなか戻れないタイプだ。涙が止まっても平気な顔をして家に帰れるまで時間がかかる。

一本向こうの幹線道路から、ごうごう車の音がする。

「妖怪のバスを待ってるみたいだな。《銀河鉄道の夜》みたいな蒸気機関車が来るのかも」

道路の向こうを見やりながらトヨが言った。

「あの話の車両は、アルコールか電気で走るらしいよ」

中学生のとき、授業のはみ出し話で習った。《「この汽車石炭をたいていないねえ」とジョバンニは言った》。と本文中にある。

「アルコールって、ディーゼルエンジン？」

「たぶんそう」

アルコールを燃料とするなら圧縮着火で点火したと考えるのが妥当だろう。学校の授業で習った知識を確認しながら、そんな話をしているとき、向こうのほうから白い二つの光がこちらに近づいてきた。音もなく静かなところがディーゼルエンジンに似ていたが、光は自分たちに白い車の横腹(ボディ)を見せながら走り去っていった。

車の去った道路には、また静けさが戻ってくる。焼けたアスファルトが冷えてゆくにおいがする。

遠くのほうで、赤い光が点滅している。

夜だとこんな遠くからでも赤信号が見えるのだ。

椅子の上に、静かにトヨが手を重ねてきた。

「ほんとに機関車、来ないかな。このまま二人でどこかに行けたらいいのに」

「家出願望があるの？」

「いや特に」

と言ってトヨも信号のほうを向いた。

「未来に行きたい。はやく社会人になって、伊吹が好きだって言いたい」

「今でもいいよ」

「今はまだ、二人で暮らせるお金ないし、働いてもいないし。入籍もできないし、全部、自分の力で言いたいだろ？」

不意に真面目な顔でこちらを向くから、伊吹は思わず噴き出した。

「トヨ、ロマンティストなのか現実的なのかわかんない」

「だってそれが夢を叶(かな)えるのに、一番早いし」

「確かに」

「とりあえず大学行きたい」

「リアリストだ」

そう言って空に向かって笑ったとき、胸の奥がすっきりしていることに気がついた。

たったそれだけのことだ。

トヨが好きで、トヨが未来の話をする。それだけで先ほどまで全力で泣いていた自分が不思議に思えるくらい、胸の奥が甘く、透明になる。

ほっとした心が疲れているのに気づいて空を仰ぐと、赤くチカチカ光っているものが見える。

「伊吹、飛行機」

「うん。どこ行くんだろうね。あれ」

「海外でもいいな。行きたいところ、ある?」

「イタリアの古い建物見たいな」

「いいね。俺はカナダでオーロラ見たい」

「行こうか、そのうち」

「うん。いっしょに行こう」

そんな話をしていたらずいぶん落ち着いてきて、伊吹は「もう帰れる」とトヨに告げた。

「いいよ、一人で帰れる。それよりトヨは帰りの電車、あるの?」

通勤時間の電車の本数は多いが、都市から離れているから昼間と夜は急に少なくなる。

「駅まで自転車で来たから大丈夫」

「トヨ、馬鹿だ」

「うん。馬鹿だったと思う。だからどうしても今日、伊吹に謝りたくて」

そんな言葉に胸を満たされながら、いっしょに星空の下を歩いた。

トヨに玄関に送り込まれて、振り返る。

「じゃあ、おやすみ、トヨ。気をつけて帰れよ?」

「了解。おやすみ、伊吹」

と言って、トヨはじっと伊吹を見つめた。

「ほんとはキスしたい」

「家の前だし」

「わかってる。だからしない。ほんとは——……」

セックスもしたい。

音にならないくらい小さな声で囁かれて、伊吹は頷き返すしかなかった。

「じゃあ」

玄関を離れるトヨを見送った。

姿が見えなくなる頃、門から一歩出て、通りの向こうを見渡した。

寝静まった住宅街から道路は見えない。

マンションの隙間に、伊吹の心臓の音と同じくらいの速さで赤い信号の気配が点滅している。

† † †

気温が下がるほどに、受験生の深刻さは増してゆく。

《受験》と《寒さ》。他の受験生と平等のプレッシャーに違いないが、伊吹にとってはそれに《事故の記憶》が重なってくる。

学校を休んでしまった。インフルエンザではないと診断されたが、熱が高くて風邪の症状が強い。

朝、欠席の知らせをしてくれた母が言うには、今日はインフルエンザと風邪で、十人くらいの欠席者がいるらしい。明日の学級閉鎖が検討されているということだ。冬とはいえ、厳しい季節だ。

「――……ふ……」

このまま眠ったら悪夢を見そうだと思いながら、伊吹はベッドの上で寝返りを打った。枕に擦れる額に貼った冷却シートが、とげとげに乾燥していて気持ちが悪かった。

息をするだけで喉が痛い。汗が滲む感じがするのにぞくぞくと寒気が止まらない。熱いのに震えそうだ。不快としか言いようのない感覚にイライラしながら、半分眠りに浸りつつやり過ごすしかない。

脛が疼く。熱のせいか、夢のせいか、それとも本当は目が覚めたらまだ入院していて、高校は浪人するしかない現実のままなのか。

「いやだ……」

これも声になったのか、考えただけなのかわからなかった。

志望校の判定はBのままなかなか上がらない。私立大学の推薦を取らずに、行きたい大学の一般を受けることにした。判定では少し無理めの志望校だ。今、がんばらなければ本当に無理になってしまう。風邪なんか引いている場合じゃないのに――。

涙と同時に咳の衝動がこみ上げる。

布団にもぐって咳き込んでいると、ドアがノックされた。

「……伊吹？　起きてる？」

そう言ってドアを細く開けたのは、――トヨだ。

夢かもしれない、そう思いながら暗い部屋の中で目を開けた。

「……トヨ……？」

ベッドのそばで人がしゃがむ気配があった。やっぱりトヨだ。

「お母さんに頼み込んで上げてもらった。伊吹が心配で」

「大丈夫だから、外に出て。風邪がうつる」

「ちゃんとうがいする。手も洗うから。プリントとかを持ってきた。お見舞いにプリンも買ってきてる。先生が無理するな、って」

そう言ってトヨは、ベッドの縁に腰を下ろした。

「電気つけていいよ」

「眩（まぶ）しいだろ？　このままでいい。まだきつい？」

「きつい……」

不安と苦しさに溺れていたところに、やさしく額に手を当てられると泣いてしまいそうだ。

「どうしよう、トヨ。勉強、遅れたら」

「二日くらい、大丈夫だ。三橋にノート写させてって、ちゃんと伝えてある」

トヨと自分は受ける授業が少しだけ違う。三橋に頼めばカバーできる。同盟を組もうと約束し合っていた。欠席だと知らせが来た日は、コピーを取らせるためにいつもよりしっかりとノートを取る。

「単語忘れそう。ラジコ流しててもぜんぜん頭に入らなくて」

「大丈夫。熱が下がれば思い出すよ」

「嘘だよ。みんな今も勉強してるのに、俺だけ成績下がる」

「伊吹」

「今度は大学、希望のところ行きたい。トヨと、いっしょに暮らしたい――」

ちゃんと会場にたどり着いて、行きたい大学に入りたい。

もう事故や病気などの、自分の努力ではどうにもならない力に運命を曲げられるのは嫌なのだ。

事故のあとのことだ。命が助かっただけましだとして、浪人せずにランクがいくつも下の高校に入った。自分さえがんばれば大学に行ける。そう割り切ってリカバリーしていこうと納得していたが、ストレスはずっとあった。予定していた高校より勉強のレベルが低い。推薦の枠も、ノウハウも、教師も、わかっていたけれどあまりにも不利に違いなかった。

悔しさの裏には必ずトヨの存在も張り付いていた。

あのとき事故にさえ遭わなければ、車があと二秒遅く突っ込んできていたら、自分は志望校に行けて、トヨだって本当に行きたかった高校に行っていたはずだ。

「大丈夫。熱が下がれば全部よくなるよ」

「保証はないだろ？」

「伊吹」

「また事故で、トヨといっしょに暮らせなくなったら……また、駄目だったら——」

「……熱、測ってみよう、伊吹。ずいぶん高い。薬は飲んだ？」

額のシートは痛いくらいに乾燥して皮膚に張り付いている。トヨは伊吹の頬に手を当てると、伊吹の枕元に置いていた体温計をケースから抜き出した。

「あんまり熱が高いときは、熱冷ましの薬、飲んだほうがいい。それともおばさん、呼んでくる？」

伊吹のパジャマのボタンを一つ開き、体温計をさし込んでくるトヨが、なんだかひどくのんきで危機感がないように感じてしまう。

「そんなもので俺の熱を測らないで。トヨを想ってる気持ちの熱だ。ちゃんと身体に触って知ってよ」

そうしたら、どれほど自分が焦っているかわかるだろう。どれほど今度は失敗したくないと思っているか、どれほど、トヨとずっといたいと願っているか。

トヨは、体温計をヘッドボードに戻し、伊吹の額から、首筋、肩の付け根まで手のひらを押し当てるようにしながら順番に触れていった。

「熱いな」

「うん……」

「ノートは任せておけ。絶対なんとかして調達する」

「うん」

「がんばろうな。俺も伊吹に負けてられない。志望校、受かるよ」

「ほんと、俺だけ受かっても笑えないから」

トヨの進学先とは違うが、二人とも第一志望に受かれば、いっしょに暮らせる。

もし伊吹が第一希望の学校に落ちたら、第二志望は関西だ。事故のときほど絶望感は無くとも、トヨと付き合う上では大問題だった。トヨの第二志望は東北地方だ。二人で暮らすには、二人とも第一志望に受かることが前提だった。

「風邪が治ったら合宿やろう?　いくらでも取り戻せるよ」

トヨの冷たい手のひらを感じながら、彼の言葉を聞いていると幾分気持ちが落ち着いた気がする。

「……うん、ありがとう、もういい、トヨ。部屋を出て」

「大丈夫」

「駄目だ。俺もちゃんと治すから、トヨに風邪をうつしたくないよ。下りたら母さんに、トヨが持ってきてくれたプリン食べたいって、伝えて」

「わかった」

「食べたらきっと、元気になる」

「間違いなく。おでこのシートの追加も頼んでくる」

「頼む」

うなずいてトヨは立ち上がった。

「下でうがいしていって」

「わかった」

「手も洗って」

「了解」

「風邪引かないでよ？」

「大丈夫。毎日ラジオ体操してるから。じゃあ、また。ラインする」

「ありがとう」

言葉を交わしながら、ドアの向こうにトヨを見送った。

伊吹はふう、と辛く息をついて寝返りを打った。

トヨにこんな辛さは味わってほしくない。でもトヨを好きな気持ちにほど近い今の身体を、トヨに知ってほしいとも少しだけ伊吹は思っている。


伊吹の風邪は、無事トヨにうつすことなく全快し、約束していた勉強合宿も開催できることになった。

「えっ？　なんで洋平、来られないの？」

場所は伊吹の家だ。

客間を使って勉強し、夕飯をいっしょに食べて、寝るときもそこにみんなで布団を敷いて寝ようと計画していたのに、当日になって洋平が来られないと言ったと――玄関先でトヨが言ったのだ。

「親戚のおばさんが、腰を痛めて寝込んだそうだ。そのヘルプの人手として駆り出されていった」

「それは……お気の毒だけど、一応受験生なのに」

「アイツはもう推薦終わってるから」

「でも資格試験、受けるんだろ？　何だっけ、機械加工技能士……？」

「ちゃんと勉強のための合宿だって言ったらしいけど、おばさん、信用してなくて。《どうせあんたが夜中に遊びに行こうとか誘ったんでしょ。トヨは受験生なんだから巻き込んじゃ駄目》って」

「信用なさ過ぎる……」

「まあ、普段の行いってヤツなんだけど」

洋平は、暴走行為はおろか、今は煙草さえ吸わないが、見かけが派手で、夜の街で遊ぶのが好きだ。夜のゲーセンはきれいだといい、夜のラーメンは旨いという。

昼間に食べるたこ焼きと、酔っ払いのために焼いている軽バン屋台のたこ焼きを食べることには違いがないはずだが、十時以降は補導の対象だ。

「洋平は中学生のとき、深夜の屋台で補導されたことがあるんだ。そのときは屋台のモツ焼きそばを食べてたらしい」

「モツ焼きそば」

確かに夜風に吹かれながら食べるモツ焼きそばは旨いだろうと思うけれど、ルールはルールだ。それに洋平の性格からして反省してそうには思えない。

「しかたないな……。じゃあ、俺たち二人で。どうぞ、トヨ」

「お邪魔します。ってお留守だよね」

「うん。社交ダンスの忘年会旅行。二泊三日で月曜帰宅だって。いい気なもんだよ。家族に受験生がいるっていうのに」

ぼやいてはみるものの、正直いないとほっとする。言葉には出さないが、両親も自分の受験の失敗の記憶をなぞっている。「あのとき車で送っていれば」「車道を通らないルートを教えていれば」——。自分に聞こえないように話す両親の言葉も、案外こっちに漏れてくるものだ。祖母の前で母が泣いているのを見てしまったこともある。合否のプレッシャー以上に、伊吹のトラウマに直接のしかかってくる。

「今日は予定通り鍋。材料は用意してくれてるから適当に」

「って母さんに言ったら、肉持たせてくれた」

差し出される袋には、黒いトレーに赤い肉が長方形に並んでいる。

「わ。お肉。気を遣わなくていいのに」

「お邪魔するから気持ちだけ。それに俺も嬉しいよ。こんないい肉、家では出ない」

トヨの軽口に笑い合いながら、奥へと上がる。

自分たちが通う高校自体は、進学校としてのレベルは高くない。しかし伊吹たちがいる特進クラスは、自分たちのように事故で予定の高校を受けられなかった者、背伸びしすぎて受験に失敗した者が大半で、人生のリベンジに燃える士気が高いせいで、このクラスのみで見た場合、進学実績はかなりいいらしい。

真面目にやれば十分合格圏だ。この間の風邪のロスも取り戻したつもりだ。

伊吹の部屋にはこたつがある。

昨年、トヨの部屋のこたつが羨ましくて秋のセールで買ってもらった。

そこで夕飯まで勉強をした。最近見つけたアーティストの話をしながら鍋を食べ、二人で片付けをして、休憩のあと風呂に入る。

今日はあとに入ったトヨが、部屋着姿で伊吹の部屋に戻ってきた。

「伊吹んちのシャンプー。いいにおい」

「そうかな。母任せだけど」

まだ石けんの香りをさせながら、先に教科書を広げていた伊吹のはす向かいにトヨが腰を下ろす。

教科書類は夕方勉強したまま適当に机の上にたたんであって、トヨは無造作にそれらを広げた。

自分たちはかなり真面目だと思う。苦手な教科はあるが、勉強は嫌いではない。地道に一つずつ例題と練習問題をクリアする。一週間前にわからなかったことが理解できるようになっていることに喜びを感じるし、それが未来に繋がっていると実感する。

「トヨ、英語、ここ、教えて」

「訳？」

「うん。何言ってるかわかんない」

「……ああ、これはとりあえずここで切ったらいいよ。which以下は説明だから、頭を主語にするとわけわかんなくなる」

トヨのシャープペンシルの先が、英語の長文に一本斜め線を入れていく。

それを見たとき鳩尾の奥のほうがぎゅっとして、思わず息を詰めた。わからない。今説明されたら理解できるが、本番で、トヨもいないとき、自分はそこに線が引けるだろうか。

「伊吹?」

「大丈夫。ちょっと胃が痛い」

「いつから?」

「結構前から。たぶん、ストレス」

みんなそうだ、今だけだ、と言い聞かせながら我慢してきた。

「あったかくして。休む?」

問いかけながら、隣に置いていたカーディガンを着せかけてくるトヨの顔がすぐ側にあって、伊吹は引かれるようにその唇にキスをした。

「……伊吹」

「大丈夫。春になったらトヨと暮らしたいから」

「うん」

トヨは頷いて返事のようなキスをした。静かに手を握り合って、もう一度キスをする。次はトヨから。その次はどちらから唇を合わせたかわからなかった。

「トヨ」

引き寄せられて、床に倒される。

上からトヨが押さえ込んできた。

「……ごめん。伊吹を抱きしめたくて、我慢できなかった」

「いい。俺もだから」

伊吹が両手を伸ばして、トヨの首筋にしがみつくと背中を支えて抱きしめられる。

こたつから引き出されて、床で抱き合った。

「してみようか、トヨが、嫌じゃなかったら」

「でも……勉強途中だし、疲れてるだろ?」

「でもなんか、今がいい気がする」

「ほんと?」

「どうしてかわからないけど、今がいちばんいい気がする」

そう答えるとキスをされた。

「ベッド、行ってみる?」

「うん」

トヨに手を引かれ、ベッドに行った。

抱き合って、ベッドに倒れる。夏からここまでの間、ずいぶんこういうことをしたから、ここまでは慣れた。

「あ……ん」

トヨのさらさらした手のひらで、脇腹を撫でられると気持ちがよかった。キスがなければうっとりとしてこのまま眠ってしまいそうなくらい、暖かくて心地がいい。

キスも慣れた。トヨの熱情をダイレクトに唇に感じ、呼吸で吐き出す興奮に伊吹自身も高められながら、自分もトヨの脇腹から手を差し入れて、彼の脇腹や腰のあたりを撫でる。

キスを重ねながらトヨが呟いた。

「……ビデオ、見ちゃった」

「家の人に、バレてない？」

「一回ぐらい、見逃してくれると思う。男同士なのは……間違えたって言えばいいし」

「うん」

うなずくと、トヨの手が下着の奥に滑ってくる。

指の長いトヨの手に、伊吹の肉の薄い尻は収まってしまいそうだ。

服をたくし上げて、身体を撫で合いながらキスをする。尻を揉んでいたトヨの手が、尾てい骨の奥へと触れてきた。皮膚とは感触の違う場所に触れられてびくりとする。

「ここ？」

「……らしいね」

緊張と、怖れを噛み殺しながらなるべく静かに答える。

指でそっと撫でられる。まわりを押されたり、皮膚越しの骨を確かめられたりする。

「あ――」

「痛い？」

トヨの指先が、入り口にかけられて、声を上げた。

「痛くはない、けど、痛い、かも」

指先の乾いた皮膚に触れるだけで、引き攣れる感触がする。

「だよな」

トヨは周りを見回して、ヘッドボードに置いてあったチューブのハンドクリームに手を伸ばした。

「これ、借りる。何かないと、無理そうだ」

トヨはクリームを指に伸ばしてもう一度伊吹の狭間に触れた。

「あ」

冷たいがすぐになじむ。さっきよりも明らかになめらかでヌルヌルと粘膜の上を滑る。

「くすぐった……い」

「入る」

「……うん」

中に指が入る、知らない感触。異物感を耐えたがすぐに軋む感覚が戻ってくる。

「いた、……い」

「ごめん」

「やめないで」

「無理そうだ」

心配そうにトヨが言う。指を入れただけで苦しいのだから、もっと大きなものとなるとどうなるだろう。でもそれでもいいと思う衝動がある。

「したい」

「無理」

「いいって」

急かすとトヨが額を押しつけてきた。キスしてごまかそうとした伊吹を許さないほど静かに、強く。

辛そうに目を閉じて、懇願するように言う。

「無理だ。今じゃなくていい。伊吹とそれだけがしたいわけじゃない」

言い返そうとして、できなかった。

気持ちばかり逸るが、本当を言うと伊吹もできそうな気はしていなかった。気持ちがあればなんとかなると、根拠もなく思ってしまったことも。

抱き合って、落ち着くまで黙って息をしていた。トヨの重みとぬくもりが心地よくて切なかった。

「ごめん、トヨ」

「なんで謝るの？　二人のことなのに」

この人を好きでよかった。

そう思いながらキスをした。キスだけはもう安心して交わせるくらい親密だった。

「触っていい？」

「いいよ。伊吹のもいい？」

「うん……」

今できる最高のことだ。トヨの手に誘われて射精をする。伊吹の手の中で重く充血して脈打つトヨを愛おしむ。

もう少し先が欲しいけれど、今はまだ無理だ。もう少し、大人になるまで先へは進めない。

行為が終わったあと、片付けをした。

結構なティッシュの量で、トヨが半分持って帰ってくれると言った。

「シーツ、汚れてない？　バスタオルとか、敷けばよかった」

「大丈夫だと思う。濡らしたりはしてないはずだから」

全部ティッシュで受け止めたはずだと思いながら、念のためにベッドに片膝をついてシーツを確認していて、ふとそのまま座り込んでしまった。

「……どうしよう、明日からも俺、この布団で寝るんだよね？」

「汚れてる？　洗濯手伝おうか？」

「違う。このままにしときたいけど、眠れないかも」

トヨと抱き合ったベッドだ。今夜、きっと思い出す。明日も、明後日も。

首から上が熱くなって、顔が上げられない。息がうわずりそうでそのままうずくまってしまった。

トヨがベッドの隣に座った。両手を握られて顔を上げると、そっと額を押し当ててくる。

「嬉しかったよ」

「……うん」

行為はほとんど無理だったが、少しだけでも繋がりが深くなった気がしたのは確かだった。

「受験、終わったら、もっとちゃんとしよう」

トヨのささやきに、頷いた。

もっと丁寧に準備をすればできると思う。トヨとなら、必ずそんな日が来る——。

伊吹の母は、わりと家のことをするのが好きなほうのようで、十二月になると毎年欠かさずクリスマスツリーを出し、生け花教室の臨時講座で、オリジナルリースを作ってきて玄関に飾り、ケーキのカタログを広げては延々悩むタイプだ。ちなみにどれがいい？　と訊かれて伊吹がいいと思ったケーキを指さしても三割くらいしか叶えられない。

その母と父は今日、母の実家に一足先に年末の掃除の手伝いに行っている。帰宅は月曜日だ。

今日は恒例のクリスマスプレゼントを買いに行くことになっていた。昨年、トヨにあげたスマホスタンドは、今も彼の机の上にある。もらったバインダーは、愛用中で日常の勉強にめちゃくちゃ役に立っている。

今年も例年通りクリスマスプレゼントをみんなで買いに行く予定にしていたのだが、洋平から連絡が入った。

「あー……そうだよね。普通そうだよね」

トヨのスマートフォンに耳を寄せると洋平の声が聞こえてくる。

――ほんとは来週行く予定だったんだけど、来週、アイツが女子のクリパがあるとか言ってて、今日じゃないと行けないらしくって。

「まあ、いいよ。そっち、優先しなよ」

洋平の彼女の都合が悪く、今日の買い出しに行けなくなったらしいのだが、クリスマスイベントなのだから彼女の希望を優先するべきだと伊吹も思う。

――ごめん、続き、楽しみにしてただろ？　仮面ライダー図鑑。

「いや、そうでもない。こっちは気にすんなよ。ボツ案の《ぶっつけ本番クリスマスプレゼントショッピング》やろう」

二十五日、クリスマス当日の朝に買い物に行き、その日に買えるものを買おうという洋平の案で、品切れだったり気に入ったものがないと困るので、今日買い物に行こうと言ったトヨの案に伊吹が賛成したのだった。

「二十五日はちゃんと来いよ？　じゃあな」

そう言って通話を切る。二十四日は彼女に譲るとしてクリスマス当日は付き合えと言ってある。この先を考えると、実質、これが三人揃う最後のクリスマスになりそうだ。

「暇になっちゃったね」

三人で街へ出かけ、午前中買い物をして、昼はフードコートで済ませ、買い物が決まってなかったら別のモールに行って、それでも時間が余ったら映画を観ようかという話をしていた。

「寂しいけど、勉強する？　二人で下見に行ったって、二十五日に在庫が切れてたら無駄足だし」

それに用事があるならしかたがないが、受験生だからむやみに人混みに出かけて風邪を拾ってくるのは避けなければならない。

トヨは少し考え込んだ様子をしてから、小さい声で切り出した。

「あの、伊吹に相談したいことがあるんだけど」

「なに？」

「家に、ちょっと取りに帰ってきていい？」

「何を？」

「それを見てから意見を聞かせてほしい」

「いいけど。トヨの家に見に行こうか？」

「うちはちょっと、今ヤバいかな。持ってきていい？」

「手伝いは？」

「重たくないからいらない。すぐ帰ってくる」

と言ってトヨはばたばたと家を出て行った。

気をつけて、と言って玄関先で送り出す伊吹の隣で、クリスマスツリーが輝いている。

何か相談されそうなことがあっただろうかと考えながらリビングに戻ったが、心当たりがない。

春休みに旅行に行こうという話が出ていて、その旅行本でも取りに帰ったのかと考えたが、ざっくりした話ならネットで調べればいいし、トヨが見に行きたいと言っていたプロバスケットボールの試合の詳細も、ネットで出るはずだ。

何だろう、と思いながら、夕飯の食材を確かめた。サラダが作り置きされている。メインは惣菜屋に行って、白米は自分たちで炊く予定だ。

今米を洗っても早すぎるな、と思いながら、スマートフォンで今週の配信ランキングから曲を探しているとトヨが帰ってきた。

チャイムが鳴ってインターホンが「俺」と言うから、思わず伊吹は時計を振り返った。最短時間、か。

よほど電車がいいタイミングだったんだろうな、と思いつつトヨを家の中に入れ「お茶、飲む？」と聞いた。

「いや……部屋で」

「誰もいないけど」

話だけならリビングのほうが過ごしやすいのに、トヨは部屋に行きたがった。

ますます内密な話の内容に見当がつかない。

「部屋、行く？」

「うん」

トヨが持ってきたのは、何の印刷もない茶色の紙袋だった。

トヨは床に座ると、紙袋の中から、こたつではなく、床に、一本の瓶を置いた。

水色の液体が入っている。

「えっと、これ」

「何?」

トヨと瓶を見比べつつ手に取ってみる。

傾けるとゆるいスライムのような、とろみがあるような動きをする。

「ジェル? トヨそういうの好きなの? 髪のジェルなら、俺より洋平が詳しいと思うけど。

——……」

洋平へのクリスマスプレゼントだろうか。どこのメーカーだろうと、見たことのないボトルの裏を見て、伊吹はひっと息を呑んだ。

「こ——これ」

雑なデザインの飾り気のないボトルの裏に、《ボディーローション》と書いてある。アダルトサイトを見たときにあったものと同じデザインだ。

口元を覆ったトヨは、赤くなって今にも消え入りそうに俯いた。

「買ってきた。店で」

「どこで」

「比較的安全そうな、そういう通りの、店で。先週」

あることは知っていた。だいたいどのあたりに多いとか、何を売っているだとかも、トヨと噂話程度に話したことがある。そのうちトヨと、なんとかして買いに行こうと思っていたことも。

「ぼ――防犯カメラとかあったらどうするんだよ。受験前だよ⁉」

「普通あるだろ。違法じゃない、普通に買っていいものだよ。まあ……マスクとか、帽子とか、着けたけど」

確かに買っても犯罪ではない。トヨも自分も今年の誕生日を迎えたから十八歳だ。法律上、エッチなサイトも見られるはずだ。

「で、でも、その、そういう店に……トヨが……」

どういう顔をして、商品を選んで会計をしたのだろう。ネットで見た、いかがわしい色使いの小さなドアの奥は、伊吹の中ではまだブラックボックスだ。そんなところにトヨが入ってこんなものを買ってきただなんて――！

恥ずかしさとか興味とか怖さのようなものがめちゃくちゃに混じっている。大人の世界の品物が目の前にある。伊吹の経験値では、この世の終わりくらいのパニックだ。

これを、トヨが、自分と抱き合うために。

そう思うと腹の底からかあっと血が上ってきて、耳まで熱くなってしまう。

思わず頰を押さえた自分に、トヨが心配そうな顔を向けた。

「引いた……？　でも、伊吹といつか、したいと思ったから」

困った声でそう言われて、溢れてきたのは涙だった。

トヨがどれほど一生懸命勉強しているかを知っている。彼が自分よりずっと慎重で、心配性で、思慮深いのを伊吹はよくわかっていた。そんなトヨが、そんなものを一人で買いに行ってくれるとは思わなかった。それほど想われているとは思わなかった。

「ありが、と、う……！」

溢れてくる涙がどうにもならなくなって袖に涙を埋めた。

「そこで泣かれたらなんて言っていいかわからないよ」

はなもすすっている自分に、少しおろおろしているトヨは苦笑いだ。

「相談は、これ。そのうちちゃんと使おう。それまで責任持って、隠しとく。勉強、ちょっとやる気出た？」

「出た」

答えるとトヨはようやくほっとした顔で笑った。

「よかった。あとはいつするか、決めるだけ」

「今する？」

「伊吹」

トヨの勇気に応えたい。何より、トヨと、したい。

トヨは何度か何か言おうと口をパクパクさせたが、奥歯を嚙みしめるような表情をしたあと、短く言った。

「……する」

伊吹は頷いて立ち上がった。トヨの手を引く。

「少し早いよ?」

「うん」

「クリスマスでも何でもない」

「手帳に◯をするからいい」

キスもこんなふうに何でもない日で突然だったが、特別な日が一日増えただけで、望む以上にベストだった。

伊吹は自分でセーターと下着を脱いだ。トヨも、伊吹を見ながら同じことをしていた。

抱き合ってベッドに転がった。じゃれ合うようにキスをたくさんした。何度もトヨとこうしたけれど、今日は特別なことをするのだと思うと、幸福感とは違う、焦燥と飢えの感覚がせり上がってくる。

うっとりと、トヨの頰を撫でた。トヨは伊吹の髪を指で梳きながら何度もキスをする。

「すごい、心臓、飛び出してきそう」

トヨが唇を触れさせたまま、呟いた。

「比喩じゃなくて、そうなりそう」

肋骨が折れやしないかと思うくらいドキドキしている。過呼吸より苦しいくらい、興奮した息が熱い。

ジェルは多めに使った。汚れそうだったから、枕にかけていたバスタオルを腰の下に敷いた。指で慣らして、痛いと言うたびジェルを足されて、もう繋がること以外、何も考えられない。

ジェルのおまけでもらったというコンドームを使った。同じクラスの男子が持っていたのを見かけたけれど、自分たちが使うとは思っていなかった。

トヨの指がゆっくり抜かれる。もう一度ジェルを垂らして、押し当てられたのは指先とはまったく違う大きな玉だった。

「わ……あ。……あ！」

トヨの先端が入ってきたとき、痛みというより衝撃で声が上がった。あんなに柔らかくしたのに、ぎしっと音がしそうだ。

開かれて苦しい。じわじわと熱くなる場所にピリピリした痛みが混じっている。

「痛い？」

「いたく……な……あ……ッ！」

「ジェル、足そう、か」

本当に、必死だ。痛いけれど、きついのがつらい。トヨにどう伝えていいかわからない。

トヨもシャワーを浴びたように、汗で肌が濡れている。

「痛い？」

そう言ってトヨは伊吹を抱きしめてきた。

「少し、だけど、ちゃんと入ってる」

「この……まま？」

「うん。だって痛いだろ？」

トヨが必死で我慢しているのがわかった。トヨも痛いのか、それとも自分のように苦しいのだろうか。

「……ん、少し、動いて、い、い」

「嘘」

「少しだけ、なら」

抱き寄せて、トヨの耳元で促すと、トヨがそっとその場所を揺すった。ぬっぬっと、杭を打つように少しずつ奥まで入ってくるのがわかる。

「あ。あ……！」

伊吹が声を上げるたび、トヨは歯を食いしばって伊吹の様子を覗き込んだ。ふーふー漏れている息は今にも爆発しそうだ。

「我慢……、してる？　よね」

「伊吹ほどじゃない。大丈夫？」

「うん」

「今日は、ここで終わろう？　その代わりもう少しこうしていさせて」

「うん……」

少しだけ揺すって、トヨに身体の奥を擦られる感触を体験した。キスをして、身体を撫で合って、トヨが必死で堪えているのがわかったが、痛みと苦しさで身体が冷えはじめた。

本当にそれで精一杯で、いっぱいキスをして、初めてのセックスを終わりにすることにした。


片付けはほとんどトヨがしてくれた。

とにかく全部、トヨがゴミ袋に詰めてくれて、洗面所でタオルを絞ってきてくれたので身体を拭いた。

初めてだったから、ビデオのようにはいかなかったけれど、実感というなら十分すぎて満足だった。

トヨの言葉に甘えて、身体をタオルで拭いたあと、ベッドに横たわってぼんやりしていると、あちこちチェックを終えたトヨがベッドの前に膝をついた。

「ごめん、洗濯機お借りします」

「いい。俺がやっとくから」

「いいや、俺がやる。お前は寝とけ。頼むから」

「お客さんに洗濯なんてさせられないよ」

「彼氏なので、責任取ります。何か言われたら、コーヒー零したとか言って俺のせいにしておいて。おばさんが怒ったら俺がまた謝りに来るから」

「そんなことはしないけど」

変なところがトヨは律儀だ。洗濯はしたほうがいいと思うけれど、それは伊吹の担当でいい。

「頼む。任せてくれ」

そう言ってトヨがキスをしてくるから、うなずいた。任せると言ってもボタンを押すだけだ。とはいえ洗剤のある場所がわからないだろうと思ったので、伊吹も洗濯物を抱えたトヨについて一階に下りた。

洗濯機の隣で、洗剤が入った引き出しを開けているとトヨが尋ねる。

「伊吹の家、柔軟剤のブレンドある?」

「ブレンド?」

「柔軟剤、普通に入れると臭すぎるからうちの母さん、なんか無香料のとブレンドしてる」

「たぶんそんなことはしてない」

「じゃあ、適当に突っ込むな?　洗剤はコイツでいい?」

引き出しから出した入れ物の、赤と白の赤いジェルの球だ。

「頼りになるね」

「とりあえず証拠隠滅だ。昨日使ったもの全部洗おう。俺のTシャツも、念のためお邪魔する」

と言って洗濯機の前でトヨはTシャツを脱いだ。

「トヨ」

「なに？」

「……背中、痛くない？」

正視できずに目を逸らした頬がじわりと熱くなる。

トヨの背中は赤い筋だらけだった。自分の爪のあとだ。ミミズ腫れになっているところもある。

トヨも脇の下から背中に手を回して俯いた。

「ちょっとヒリヒリするけど、……それがいい」

伊吹の家の洗濯機は乾燥まで全自動だ。放っておいても数時間後にはできあがる。

まだ夕方だが、それまでトヨはパジャマを着ることになってしまった。伊吹はベッドの上だ。

大丈夫と言ったのに、トヨがベッドから下りることを許してくれない。確かに痛いし、少し血が滲んだから怖い気持ちはあるが、我慢できる程度だ。トヨは結構心配性かもしれなかった。

「俺はやる。できる」

伊吹は胸の上に参考書を広げて、仰向けのまま宣言した。

「どうしたの、急に」

「なんだかすごく、心のエネルギーがいっぱいで」

身体は痛むが、ずっと感じていた受験前のプレッシャーが吹き飛んだ気がする。できると思うし、やらなければならないと思う。追い詰められるのではなく、意欲的に取り組むエネルギーみたいなものが伊吹の中にある。

トヨのおかげだ。現金だと笑われても、トヨにもらった愛情が伊吹の心を強くしている。

「ちょっとくまができてるけど」

「今晩寝たら直るよ。今日からメッチャ勉強する」

そう言った声の終わりのほうが掠れた。

「喉痛い？」

「ちょっとだけ。でも風邪じゃない」

必死で呼吸したからだ。喘ぎ声が漏れたせいかもしれない。

「ちょっと待って」

トヨは自分の鞄をあさって袋を取り出した。個包装の小さな袋を切って、指先に赤い粒を摘まむ。

「ドロップじゃないけど、いちごみるくののど飴」

「ん」

甘やかされるまま口に入れてもらう。

今の気分そのものにやさしい甘酸っぱさを味わっていると、トヨが膨らんだコンビニの袋を軽く翳した。

「これ、どうしよう」

使用済みのあれこれだ。きちんとまとめたものの、そのまとめたものの行き先がない。

「ゴミ箱に捨てるのはさすがにまずいかも」

「学校でも捨てられないし……」

眉間に皺を寄せていたトヨが訊いた。

「ここ、ゴミの日、何曜日？」

「火曜、木曜」

「うちと同じか。伊吹の家族が帰ってくる前、ゴミの日の早朝に、捨てに行けば目立たないと思うんだけど、明後日まで保管は厳しいな」

「あ。もしかして市のホームページにゴミの日のスケジュールが載ってるかも。月曜日に収集がある日を探せばいいんだよね？」

スマートフォンで検索をかけると大当たりだ。

トヨがその先を引き受けて探してくれる。

「えと……橋の近くは月曜日だ。月曜日の早朝に捨てに行こう。夜明けと同じくらいに。俺が行ってくるから、伊吹は擬装、手伝って」

「擬装？」

「通常のゴミを装って、まん中あたりにコイツを埋め込もう。できる限り、ナチュラルに。他にゴミとか、ある？」

「……最悪お菓子を食べたらゴミは出るね」

ゴミ袋にいらないものを詰めてみた。そのまん中にきつく結んだコンビニの袋を安置する。足りない分はお菓子を食べて、だいたいナチュラルに膨らむくらいにゴミが溜まった。


その夜はもうキスだけにして、勉強して早めに眠った。

早朝、トヨが予定通りにゴミを捨てにいき、帰ってきてから「いちばんだった」と言うから、早すぎたかな、と二人で困りながら夜明けを迎えた。

トヨは朝六時半に帰っていった。一旦自宅に戻ってから登校するのだそうだ。

「おはよう伊吹」

学校で会った途端、微妙に疲れた顔のトヨに声をかけられて、伊吹は噴きだしてしまった。

「笑うなって」

「だって、トヨ普通なんだもん」

終業式でざわついた教室の中で、トヨだけ妙に冷静だ。

「そう振る舞ってるんだから当たり前だ。というわけで任務完了。違和感なく、今頃回収されてる頃」

「お疲れさま。ありがとう」

自分たちは行為自体よりも、その前後や周りの始末が課題だとトヨと話した。

残りのジェルも厳重管理だし、ゴミにこんなに困るとは思っていなかった。

トヨは苦笑いで首をかしげた。

「どういたしまして。次は、少し考えてからにしよう」

次、という言葉に、赤面する。

「伊吹？」

「何でもない。学校で、そういうこと」

「別に、俺は何にもやばいことは、言ってない、よな？」

「言ってないけど」

トヨをからかったのに、自分ばかりこんなに照れていては本当に台無しだ。

† † †

「早いわー。卒業式とか言われても」

卒業式の予行練習と、書類を渡したり謝恩会やその他の行事の打ち合わせのために、伊吹たちはひさしぶりに登校した。

クラスのほとんどの人間が出席していて、受験のために数名がいない。

待機中だったので、洋平も伊吹たちのクラスに遊びに来ていた。伊吹の隣の席に陣取っている。

「でもよかったね。宮本と会える距離で」

「まあ、ギリかな。宮本は一年のときは寮らしいから、二年目はもうちょっと近くなるかも。

そんでお前ら、ほんとにいっしょに住むの？」

伊吹の前の席に座っているトヨが頷いた。

「うん。学校は違うけど楽に通えるくらいだから、いっしょのほうがいいねって。敷金とか家賃も全部折半で」

両親の説得は案外簡単だった。「偶然ラッキーだったね」なんて父は言ったけれど、二年生のときから、大学の内容と、いっしょに暮らせる場所をトヨと慎重に吟味してきたことを知らない。

「上手くやったじゃん」

「まあね」

二人で笑い返すとき、甲高い女子の声が室内に響いた。

「みんな！　先生来たら、記念写真撮るよー！　教室から離れないで！」

「お。もうそんな時間？　俺も教室戻るわ」

「じゃあ、後でな」

洋平と、他数名の同級生と、送別会として近くにあるお好み焼き屋に食べに行くことになっている。

とんとんと背中を叩かれる。

振り向くと、後ろの女子がガラガラと緑色の缶を鳴らしながら、伊吹に渡してきた。

「はい、回ってきたよ。さっき津田に赤ドロップが出て、告白しに行くって。高丘、出るといいね」

そう言われて伊吹がトヨに視線を送ると、トヨが笑った。

もうドロップに頼らなくても、気持ちを受け止めてくれるトヨは目の前にいる。伊吹は缶から飴を出さずにトヨに回した。

トヨが手のひらに一つ転がすと、白く濁った黄色い玉だった。

レモン――《好きだった人と再会できるかも》だ。この学校でトヨと再会できた。

「これ、次は誰に回したらいいの？」

伊吹は津田を振り返った。トヨの席で、教室の端はおしまいだ。

「余ってるなら全部食べていいよ。もう誰のかわかんないし」

「みんな、先生来たよ！　記念撮影だから廊下、出て！」

廊下のほうから声がかかって、トヨはドロップを出さずに机にしまった。


用事が終わり、洋平を待つ間、人がまばらに残った教室でトヨとかわりばんこにドロップを出した。

赤、緑、黄色、薄荷が出てももう何も怖くなかった。

「ピンク、何だっけ？」

トヨの手のひらに零れたのは透明な薄桃色。

「リンゴ。《デートが上手くいく》、だったと思う。どこに行こうか？」

「伊吹が行きたいところならどこでも」

伊吹はトヨから缶を受け取って、ドロップを手のひらに一つ零した。赤いドロップだった。

「《恋が叶う》？」

トヨに見せてから口に放り込んだ。初恋のように甘く、微かに酸味が触れる味がした。

これから二人で、いろんなことと気持ちを体験していこう、とトヨとは約束している。嬉しい気持ちも嫌な気分も、何色のドロップが出ても乗り越えていけるはずだ。

END

クリスマス・ドロップス

都会の夜は、何時になっても八時くらいに感じる。

駅前は明るく、ビルのネオンが華やかだ。今日は通りの店はまだほとんど閉店しておらず、デパートもまだ煌々(こうこう)と灯(あか)りを灯(とも)している。

この時間に駅前に来るといつもそう思うのだが、今日はクリスマスイブだから余計賑(にぎ)やかだ。壁がチカチカと瞬(またた)くＬＥＤライトで飾られ、コンビニの店員が店先で、サンタの格好をしてチキンとケーキを売っている。飲み屋の客引きサンタはプラカードを担いで、割引券を配っていた。

通りに大きく口を開けたカメラショップがハンドベルを鳴らしながらプレゼント用のおもちゃを売っている。その前を、トナカイの角のカチューシャを着けた女の子が、彼氏と腕を組んで歩き過ぎてゆく。

伊吹(いぶき)はコンビニで買ったホットコーヒーで手を温めながら、閉店した雑貨屋の前に立っていた。

夜十時十分前。トヨからは《十時頃になりそう》と連絡があって、着いたとき結構待つな、と思ったが、通りの賑やかさのおかげで退屈せずに済みそうだ。

暗い雑貨屋の室内で、小さなクリスマスツリーが明滅している。周りにガラスを置いているからキラキラしてかわいらしい。

今年のクリスマスは穏やかな天気だ。数日前は雪もちらついたが今日は風もない。

ダッフルコートで、熱々のコーヒーをすすっていると目の前を電飾の車が大きな音楽をかけて通り過ぎてゆく。

それをぼんやりと目で追っていると、左側から人影が近づいてきた。

「ごめん、待った？　バイト遅くなって」

トヨだ。紺色のダウンジャケット姿で、白い息をたくさん吐いている。

「ううん。機械、直った？」

「なんとか。よりにもよって今日故障だなんて」

バイト先のスポーツジムを、定時の七時に上がるはずだったのだが、顧客情報やマシンの使用具合を管理している機械が壊れたのだそうだ。直るまで手で記録をしなければならず、残業になると連絡があった。

「駅のほう、行こうか」

「うん」

待ち合わせをして、イルミネーションを見ながら駅まで歩いて、駅の近くでカフェに寄って帰ろうと約束をした。自宅アパートの冷蔵庫には昼間伊吹が受け取ってきたケーキとチキンとお寿司のセットが入っている。

信号を渡ることにした。

信号の向こうのヘアサロンの入り口にも電飾のデコレーションがあるが、加減を間違えたのかものすごい光り具合だ。

「ドロップみたい」

クリスマスカラーに、オレンジ色が加わったライトを見ながら伊吹が言うと、トヨが笑った。

「ほんとだ。流行った流行った、ドロップ占い」

「オレンジは《五人の人にモテます》」

「黄色は《好きだった人と再会できるかも》」

満足げなトヨは、青に変わった歩道を歩き始めた。

「緑色が《恋人に嘘がばれる》」

渡りきる頃、伊吹が囁くと、

「ピンクは、リンゴ味。《デートが上手くいく》」

そう言って、トヨは伊吹の手を握った。

目の前に光るのは赤信号だ。

「赤が《恋が叶う》」

満足だ、と思いながら、伊吹は小さな人だまりの中で微笑んだ。

駅前はまだ人が多くて、歩道があるロータリーから、イルミネーションが多い広場のほうに外れた。

夜の中で、光の色が際立っている。

氷の世界、炎の世界、黄金の世界、滝のように流れ落ちる電飾をくぐり、広がり弾ける光の海を眺める。

あちこちのベンチにカップルが身を寄せ合っているのを眺めながら歩いていると、すぐ目の前にいる二人が席を立った。

背後にメインの巨大なクリスマスツリーがある特等席だ。

「これは本格的にドロップみたいだな」

緑色のもみの木に、赤、緑、黄色、ピンク、ない色がないくらい、色とりどりのライトで飾られているのは、そのままドロップス缶を彷彿とさせる。

伊吹はベンチに腰掛けて、手にしていた小さな紙袋をトヨに差し出した。

「メリークリスマス」

「ありがとう。開けていい？」

「どうぞ」

リボンと包み紙を解くと中から白い箱が出てくる。開けて薄紙を開くと四角い革製品が現れる。

「わ。名刺入れ……！」

「改めて、就職おめでとう。春になったら使って？」

外が黒革、内側が落ち着いたワインレッドの革で、閉じているときにチラチラ見える内側がきれいだ。店頭で一目見たとき、トヨに似合うと思った。希望の企業から結構早く内定をもらっている。

「これ、本物の革？　高かっただろ？」

「新人社会人が持って恥ずかしくない程度だけど」

名刺入れのグレードや相場などわからなかったから、十月頃にデパートに行ってショップの店員にそう相談して、目算を立ててお金を貯めた。

「うわ、スゴイ。オシャレ。先輩にやっかまれるかも」

「想像が早すぎる」

まだ新人研修すら受けていない身だ。

トヨは嬉しそうに名刺入れを隅々まで眺めてから、持ってきていた小さな紙袋を膝の上に置いた。

「俺からもある」

「嬉しい」

「ちょっと待ってな？」

そう言ってトヨは袋の中から、包みを取り出すと白い巾着のリボンを引き解いた。

「なんでトヨが開けるの？　俺のクリスマスプレゼントでしょ？」

「そうなんだけど、俺のイメージでは俺が開けるべきかなって」

「なんだよ、人のプレゼントを開けるイメージって」

首をかしげて見ていると、中から出てきたのは紺色の、ビロードの箱だ。

トヨは、ぱかっと音を立てて箱を開けると、手のひらに載せてこちらに差し出した。

「こういう」

中には銀色の指輪が入っている。

「受け取ってくれないか、伊吹。結婚指輪なんだけど」

あまりのことに頭が動かない。

本当に、本気だろうか。結婚指輪——彼は本当にそう言ったのだろうか。

「もちろん——……もちろん！」

頷(うなず)きながら伊吹が応えると、トヨは台座から丁寧に指輪を引き抜き、伊吹に摘(つ)まんで見せてくれた。

「一応、ちゃんとプラチナ」

「すごい。これは、宝石？」

飾り気のない銀の輪に、一ミリくらいの小さな赤い粒が埋まっている。左右に短いラインだけが入った、シンプルな指輪だ。

「イヤーピース無くしたって凹(へこ)んでたから」

小さなガラス瓶に入れて大事にしていたイヤーピースを引っ越しのときに無くしてしまっ

た。水漏れで慌ただしい引っ越しだったが、絶対机の小物といっしょに箱に入れたはずなのに、どうしても見つからなかった。

「ルビー、ちっちゃいけど、ごめん」

嵌めてくれながらトヨが言った。

「ううん。すごくいい。トヨは？」

「こっち。俺のも見る？」

トヨは赤い箱だ。開けて見せてくれると同じデザインの指輪が入っているが、宝石が黄色い。

「トパーズ。黄色いドロップの占いの意味、覚えてる？」

付き合うようになってから、トヨが何度も聞かせてくれた。伊吹が事故のあと、退院して学校に戻る直前、ドロップ占いで黄色いドロップが出たのだと。

「《好きだった人と再会できるかも》」

「伊吹と何度でも会いたい。毎日でも、一日何回でも」

そんなこと言われたら、涙など堪えられるはずがない。

伊吹は両手に顔を埋めて前屈みになった。

「……なんで俺を泣かすかな」

「嫌？」

「嬉しくて死にそう」

「ありがとう。一生よろしく」

指の隙間から拳（こぶし）が見えたから、伊吹は嵌めたばかりの指輪がついた左の拳をトヨに伸ばした。

「こちらこそ。俺に嵌めてくれる？」

「うん」

指輪を受け取り、慎重にトヨの指に嵌める。

指輪でキスして笑い合ったとき、着信音がした。二人同時だ。ラインの音だ。

いっしょに着信音が鳴るということは、洋平（ようへい）とのグループラインしか心当たりがない。トヨがスマートフォンの画面を灯す。

「やっぱり洋平だ。アイツ一人でクリスマスじゃないの？　宮本（みやもと）、里帰りしてるって言ってたし」

二年前、就職した年に、洋平は宮本と結婚した。幼稚園のときからの付き合いだから、結婚式の出席者が皆顔見知りで、トヨはずっと「久しぶり」とあちこち挨拶をしていた。トヨたちの小学校のときの先生にも会った。

宮本は妊娠中で、十二月に入ってからすぐ出産のための里帰りをすると言っていた。

「寂しいとか言うかも。今年だけでもこっちに来ればよかったのに」

そう言いながらラインの用件を見ると写真が添付されている。

「……って、これ！」

声を上げてトヨに見せた。トヨもこっちに同じ画像を向けている。

すっぴんの宮本と、赤ちゃんの写真だ。

《予定日より三日早く生まれました。俺の天使ちゃんズ》

とコメントがポップアップした。

「うわ、やばいやばい！」

伊吹も自分のスマートフォンで慌てておめでとうと入力したら《サンキュー。お前ら一緒にいるの？》と返ってきた。

《そうだよ》と返そうとしたら、トヨが手を伸ばしてこちらに向けて、スマートフォンを翳（かざ）した。それに指輪を翳すトヨと同じポーズで、画面に指輪を向ける。

クリスマスツリーを背景にした写真をそのままラインに投げると《メリークリスマス、ごちそうさま》とメッセージが返ってきた。


カフェに行く予定だったが乗り気ではなかった。早く部屋に帰りたかった。トヨも「帰ろう」と言った。

深夜までイルミネーションが灯る街を足早に通ってアパートに帰る。

ドアが閉まるのを待ちきれなくて、伊吹はトヨに腕を伸ばした。足下（あしもと）に鞄（かばん）が落ちる。

トヨが器用に後ろ手で鍵を捻り、伊吹を抱きしめに来る。

「先に手を洗おう。うがいも」

「手を洗うとき、これどうするの？」

「嵌めてていいんじゃない？　せっかく買ったんだから流さないでよ？」

「そんなことしないよ」

お湯が出るのを待ちきれずに手を洗っていたら、トヨがバスルームを開けた。

「もうお風呂、入ろう？」

「そうなの？」

「ジェル持ってきていい？」

そう言ってシャワーのカランを上げた。お湯はバスタブと床、半々に注ぐ角度になっている。奥の部屋に行ってボトルを手に帰ってきたトヨが、手を洗い、うがいをしている。

湯気が満ちてきたバスルームを気にしながら、セーターを脱いでいるとトヨが抱きついてきた。

「ごめん、がっついてて」

「珍しいね」

「だってもう、すごく好きで」

「俺も」

トヨの飾り気のない返答に笑いながら、抱き返す。

キスをして、トヨのカーディガンを脱がせる。ズボンに突っ込んだ手で尻を揉まれながら、トヨのシャツのボタンを外した。

なんだかんだで二人とも服を脱ぎ終わる頃には狭いバスルームは湯気で暖かくなっている。

トヨが先にシャワーで身体を流した。干していたバスマットを手に伊吹がバスルームに入ると、トヨがシャワーの場所を空けてくれる。

「おいで、身体を洗ってあげる」

泡で出るバスソープは、トヨの大学で開発された石けんだ。調香試験中とかで、頼んでおくとタダで貰えるのだそうだ。

「あ」

たっぷりの泡で身体を撫でられると気持がいい。

トヨに手のひらいっぱいの泡を渡されて、トヨの背中も泡で撫でた。

「何か、今日、駄目みたいだ」

腰のあたりを撫でられただけで、ゾクゾクして膝が笑いそうだし、泡で尻の狭間を擦られると、いつもと違う、息を呑むくらい鮮やかな感触がする。

「ひゃ……！」

乳首を摘まれて、つるりとした感触に変な声が出た。

「あ。あ。やだ。待って」

「すごく尖(とが)ってるけど？　座って、伊吹。危ないよ」

バスタブの縁に手をかけて、バスマットに膝をつく。

背後から胸に泡を塗り広げられ、トヨの指が、乳首を摘まみ始める。

「トヨ……。それ、駄目。すぐ、いきそう」

つるつるヌルヌルする指で摘まれると、頭のてっぺんからつま先までビリビリする。泡で身体を撫でられ、疼(うず)くくらい期待している性器を扱(しご)かれると、数秒も堪えられずに出してしまいそうだ。

「一回いく？」

「ううん、トヨを挿(い)れ、たい」

尻の狭間にぬりぬりとこすりつけられている、猛(たけ)りきったトヨの雄芯が欲しい。

「わかった。俺もすぐにいくかも。そのときはベッドでやり直しな？」

軽く泡を流して、トヨは伊吹の尾てい骨にジェルを垂らした。

「あ――……！」

塗り込むために、指を入れただけでびくびくと締めつけてしまう。

「すっごい、伊吹」

「早く。……こすって――。中……」

言い終わる前に、トヨが身体の中に乗り込んできた。

「あ——あ、あ……ん!」

昨夜の名残も残っていて、トヨを受け入れるのはいつもより簡単だった。二度、入れ直されるだけで、奥まで入ってしまう。

「うあ……!」

奥をこねられたとき、大きく快楽が脈打った。

「いった? 伊吹」

「わかんな……い」

精液が漏れているような、いないような、電流が走りっぱなしになっているかの快感がある。トヨがゆっくりと中を出入りする。入り口を押し広げ、粘膜の敏感な場所を抉るように、伊吹の奥に乗り込んでくる。

溢れる——。

声も、快楽も、幸せも愛しさも。

容赦のない充足感は簡単に伊吹の快感を押し上げた。

「あ、あ! や……あ。もう、駄目、かも……っ」

股間を擦られながら、中を突かれている。泡とジェルとでぐしゅぐしゅと粘ったすごい音がする。

「あ――……！」

乳首をいじめられ続けて、閉じられなくなった口から涎が落ちて、溜まりかけた湯船に滴った。

あっ、と中を覗くと、トヨが「上がるときにシャワーで流すからいいよ」と言って、伊吹を振り向かせ、キスをした。

「あ！　うあ。は――……！　あ」

いつもより強い快感に蹂躙され、欲情に思考を明け渡そうとしたとき、バスタブで、カチ、カチと小さな音がした。指輪だ。

「気持ちいい。愛してる、トヨ」

指輪をつけた手を握りしめて訴えると、トヨが伊吹の胸を支えて、膝立ちに抱き起こした。

「俺もだ。ずっと。伊吹」

胸や腹を撫でながら、トヨは伊吹の手を取って指に口づけをした。

繋がる場所も、皮膚も、ジェルと泡でぬるついていて、怖いくらいトヨの感触がした。

「あっ、あ。あ。もう……い、イ――！」

シャワーの音の間に喘ぎが混じる。目の前が白く光ってくるのが湯気のせいか快楽のせいかわからなくなっていた。

「伊吹。もう」

トヨはそう囁いて動きを大きくした。指輪のついたトヨの手に擦られ、愛情で蕩けた身体の中を硬いトヨの肉棒で突かれると、もう快楽の向こうまで連れ去られるしかなかった。

「あっ、く。……ああ！」

絶頂の波が抑えられない。もう駄目だと思ったとき、トヨが伊吹の股間をぐっと押し込んで、突き上げるように性器を押し込んできた。

「あ――、あ……は――……！」

一瞬膨らんだ感じがしたトヨが、ビリビリと震える粘膜の奥で精液を吐くのがわかる。溶け落ちそうな快楽の中、白い泡の中に伊吹は精液を溢れさせた。

†　†　†

伊吹のアルバイト先はアンテナショップだ。

九州地方の総合ショップで、特産の食品や工芸品を販売している。テレビで取り上げられない限り、年中フラットな客入り具合で、安定したアルバイトができるので、初めてのバイトからずっと、卒業近くまでこのままお世話になる予定だ。

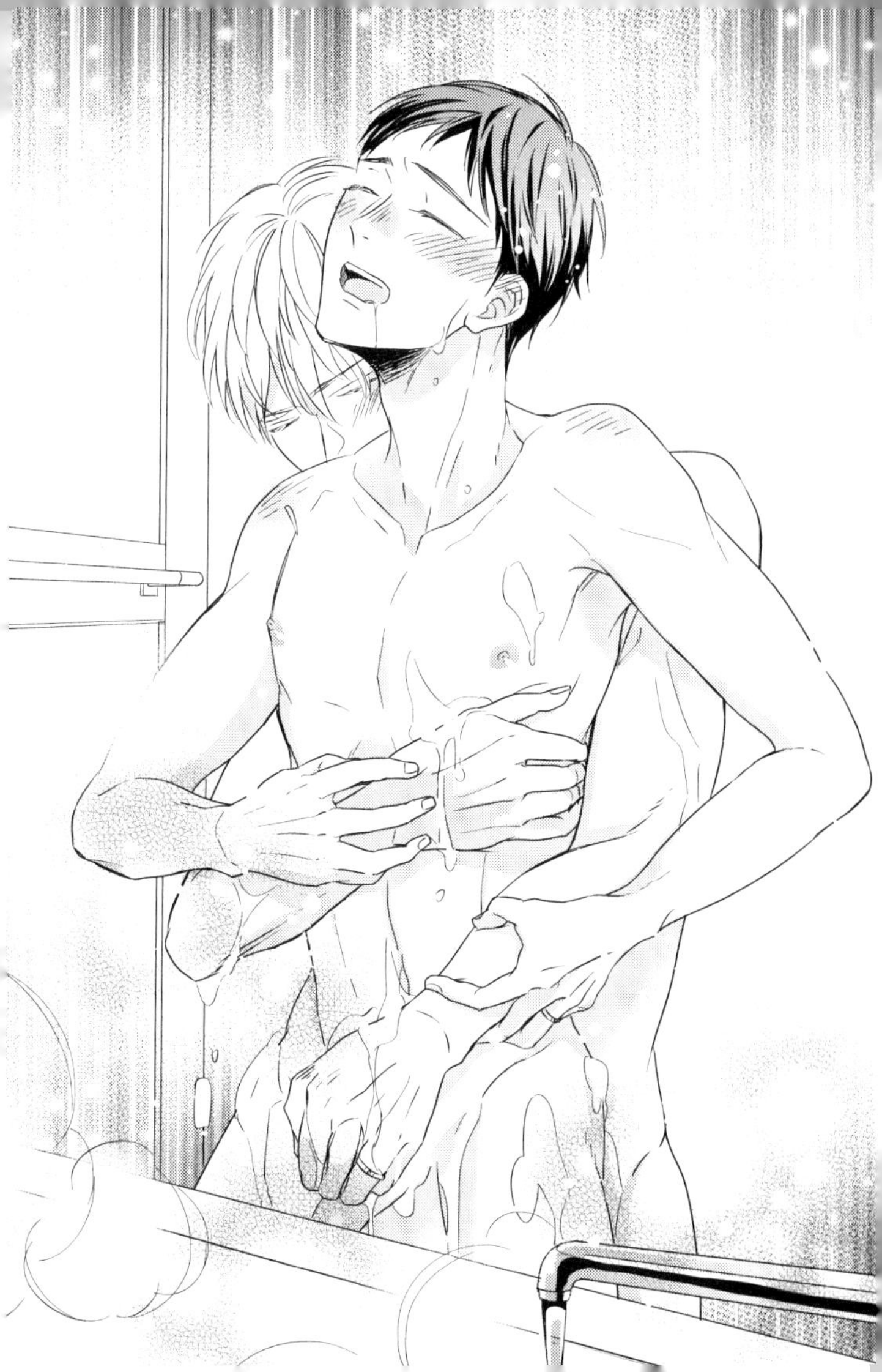

通販用の蜂蜜の加工品を包装紙で包んでいると、主婦アルバイトの女性がテーブルごしに声をかけてきた。

「高丘くん、これ」

と言って自分の結婚指輪をつんつんとつつく。

「クリスマスにいいことあった？」

ＹＥＳ以外の答えを考えていないように前のめりで訊いてくるのに、「まあ」と伊吹は応えた。

「高丘くん、趣味がいいなー！　ちっちゃいルビーがかわいい。デザインもオシャレ」

「ありがとうございます」

「彼女嬉しかっただろうな。泣かなかった？　おそろいだよね？」

「だいたい」

もらったし、泣いたのは自分だったとは言いにくいが、そうしておくのが正解だろうか。

見せて見せて？　と身を乗り出す女性に、指輪のついた手を差し出していると、倉庫に荷物を取りに行っていた男性従業員が段ボール箱を抱えて部屋に戻ってきた。

「はい。ドロップ検品したから包装よろしく。高丘くんも予約してたよね。帰りにレジ通して持って帰って」

「はい。二つ」

地域限定、あまおうドロップス。

女性が自分の頬を押さえながら伊吹を見た。

「やだー、大学生は買う物まで可愛いわ」

「イチゴのドロップス、好きなだけです」

「そこが可愛いんだけど！」

「そうでしょうか」

伊吹は苦笑いで応えた。

彼女が思うより、自分はもっと欲深い。

そのドロップス缶は、いくら振っても赤いドロップしか出ない。

END

■夏の渚とドロップス　～あとがきにかえて

「――ごめん、……やめたほうがいいんじゃないかな」

堪えきれずに、トヨは正午前の道ばたで、そんな呻きを漏らした。

懐かしい通りの果てに見えているのは伊吹(いぶき)の実家だ。軽い目眩(めまい)を感じて両手に顔を埋める。

「トヨが嫌なら出直してもいいけど、今と事態は変わらないと思うよ?」

そういう伊吹の表情も硬い。

大学を卒業するにあたって、問題が出た。

慎重に、伊吹と同居できる範囲の企業を探して就職したのだが、互いの親が《仲がいいのは結構だが、今後のライフスタイルや結婚を考えたとき、そろそろ別に暮らしたほうがいいのではないか》と言ったのだ。

自分たちはもう成人だし、親の言うことを聞き入れずに勝手に伊吹と部屋を借りることだってできる。でもこの先のことを考えて慎重に話し合った結果、カミングアウトを決意した。

まず、トヨの家に行った。

あらかじめ父親に電話をして、ある程度の話をしていた。父はトヨの言い分を認めてくれ、その上で《やめることはいつでもできる》とトヨの逃げ道を残すようなことを言った。

そして午前中改めてトヨの実家に行き、伊吹と生きるつもりであることと、そのためにいっしょに暮らすことを告げると、母は反対しなかったが「仲が良すぎることを勘違いしているだけ」だとか、「そのうち互いに彼女ができたらきっとわかる、そのときでも遅くない」とか、頭ごなしの反対ではないけれど認めてくれたわけでもないようなことを言った。

一応、という形だが、トヨの家はクリアだ。次は伊吹の家に行くことになった。

たぶん反対するだろう、という伊吹の見通しだ。父はわからないが、母はたぶん、彼女の理想の将来を画かない伊吹を認めないだろうと言った。

そんな伊吹の家庭を荒らすのと、黙って同居を押し切るだけとどちらが正解だろう。

ずいぶん話し合ったが、伊吹は家に来てほしいと言った。

「トヨが来たくないなら来なくていい。でも言っておかないと、トヨのご両親、うちの親と会うことだってあるだろう？」

トヨと洋平の母は元々仲がいい。そこに伊吹の母親が加わった。伊吹の母だけ何も知らないというのはありえないし、今でさえ洋平に子どもが生まれたのを羨ましがって、就職したら早く結婚しろと言ってくる。

「……いかせていただきます。俺は殴られたって平気」

トヨは大きく息をついた。

殴られたってかまわない。だってそれだけのことをするのだ。自分は、彼らが理想の将来を画きながら大切に育ててきた伊吹を、まったく違う方向に攫おうとしている悪者だ。

ふー、と長く息をつき、伊吹に「行こう」と声をかけた。

頷き返す伊吹より先にトヨが歩き出すと、不意に後ろから手を取られた。

「——ありがとう、トヨ」

「うん」

「もしも、反対されたら俺は家を出るから」

そう言う伊吹は涙声だったから、トヨは振り返らなかった。

† † †

初めての冬のボーナスがいくら出るかわからなかったが、夏のボーナスもだいぶん貯金したし、給料からも貯めておいたので、ハワイ旅行を計画するには何の不安もなかった。

年末で少々料金が高いのが玉に瑕だが、観光地には行かないし、ビーチで泳ぐ予定もない。

午後の、海にほど近い小さな教会に来ていた。

一応、改まったというほどもない、出張用のスーツを着て十字架の前に立っていた。

伊吹の両親は結局、父親は説明の途中で席を立ち、母親はトヨの母親とほとんど同じ反応だった。「気の合う者同士で暮らすのは楽だろうけど、将来的にはよくない」「友情と恋愛の区別はそのうちきっとわかる」「流行の関係に流されないで」――。

もしも反対されたらそれ以上の説得はしないと決めていたから、黙って自分たちは彼らのやんわりした反対を受け入れた。そのうちわかるのは彼らのほうだ。伊吹と二人、誠実に暮らしていって、いつか、彼らが認めるのを待つしかない。

それでいいと伊吹は笑ってくれた。もっと大げんかになるかと思ったと、恐ろしいことも言った。

現実的な成り行きに添いながら、養子縁組や法律的な手続きは将来することにして、とりあえず式だけ上げに来た。洋平が来てくれると言ったが、効率を考えれば帰国してから披露パーティーに来てもらうほうがたぶんいい。

人の少ない時間を選んで、参列者はナシ。

午前中に結婚式用の教会の講座を受け、午後から牧師に誓いを見届けてもらう。

結婚指輪の交換は一年前に済ませたから、ただ誓うだけだ。

真っ白の教会で、大きな窓から海が見える。

そこで伊吹と永遠の愛を誓った。


記念撮影をしてもらったあと、式場の隣に隣接されているレストランがあって、そこで二人で食事をした。海外から挙式に来るカップルを多く扱うチャペルだから、変則でも話が通りやすく、快適に過ごさせてもらった。ホテルもすぐ側だ。ワイキキからは遠いが、閑静な雰囲気でそこも気に入っていた。

ホテルに戻る時間まで浜辺を散歩することにした。

「やっぱり水着持ってくればよかった？」

「挙式のあとに泳ぐつもりなの？　トヨ」

「こんなにきれいな海、泳いだことないし。来年、また来る？　水着持って」

「うん。それがいいな。俺も気に入った。洋平たちも誘ってみる？」

そう言っている間に、太陽はどんどん傾き、空の青さが薄らいだと思ったらあっという間に夕日に染まりはじめた。

「すごいね。空が桃色」

まだ天空は青いのに、太陽の周りが帯状に紅く染まっている。黒煙を含んだような炎のような赤さだ。それが雲に移り、海面に映って世界中がオレンジ色の炎に焼かれているように見える。

異国の知らない空の風景に目を見張って立ち尽くしている伊吹の横顔に満足をしたあと、トヨはスマートフォンを取り出して、伊吹に渡した。

「こうするから写真撮って。そのあたりから」

と言って空中で何か摘まむような仕草をした指を、海と平行に差し出す。

「どういうこと？」

「アレを摘まみたいんだ」

トヨは海を振り返った。真っ赤に焼けた太陽が海の上に浮かんでいる。

「そのあたりから撮ると、摘まんでるように撮れるはず」

遠近法を利用した撮影だ。月を摘まんだり、人を摘まんでいるように見せたり、SNSでそういう撮影方法を見かけた。今ならうまく撮れるはずだ。

理解したらしい伊吹は、ああだこうだスマートフォンを構えつつ、「そのまま！」と言って何枚も写真を撮った。しゃがんだりばんざいに手を伸ばしたり、案外伊吹は凝り性だ。

画面をこちらに向けて近づいてくる。

「どう？」

「赤いドロップを摘まんでるみたいな写真が撮れた」

「神様からのお墨付きだ」

そう笑い合いながら、伊吹と浜辺でキスをした。

こうして伊吹と二人で生きていくだろう。世界に赤い粒を探しながら。

その写真は、十年経った今も、リビングの本棚にあるフレームに飾られている。

END

＋＋＋＋＋＋＋＋＋＋＋＋＋＋＋＋＋＋

ここまでお読みいただきありがとうございました。またすてきな挿絵をいただいたさがのひを先生、発刊をお引き受けいただいたルチル文庫様に心より御礼申し上げます。

尾上　与一

✦初出　冬色ドロップス………………プラザムック「HOLLY BOX」蒼竜社
（2014年3月）掲載作を大幅加筆修正
Present for you ……………個人サイト掲載作
春色ドロップス………………プラザムック「HOLLY BOX」蒼竜社
（2014年3月）初回特典ペーパー
七色ドロップス………………書き下ろし
クリスマス・ドロップス……書き下ろし
夏の渚とドロップス ～あとがきにかえて……書き下ろし

尾上与一先生、さがのひを先生へのお便り、本作品に関するご意見、ご感想などは
〒151-0051 東京都渋谷区千駄ヶ谷 4-9-7
幻冬舎コミックス　ルチル文庫「冬色ドロップス」係まで。

幻冬舎ルチル文庫
冬色ドロップス

2020年2月20日　第1刷発行

✦著者　尾上与一　おがみ よいち

✦発行人　石原正康

✦発行元　株式会社 幻冬舎コミックス
〒151-0051 東京都渋谷区千駄ヶ谷 4-9-7
電話 03(5411)6431［編集］

✦発売元　株式会社 幻冬舎
〒151-0051 東京都渋谷区千駄ヶ谷 4-9-7
電話 03(5411)6222［営業］
振替 00120-8-767643

✦印刷・製本所　中央精版印刷株式会社

✦検印廃止

ISBN978-4-344-84619-7　C0193　Printed in Japan

RB
幻冬舎ルチル文庫